타임머신

타임머신

발행일   2017년 10월 25일

지은이   최 영 만
펴낸이   손 형 국
펴낸곳   (주)북랩
편집인   선일영   편집   이종무, 권혁신, 전수현, 최예은
디자인   이현수, 김민하, 한수희, 김윤주   제작   박기성, 황동현, 구성우
마케팅   김회란, 박진관, 김한결
출판등록   2004. 12. 1(제2012-000051호)
주소   서울시 금천구 가산디지털 1로 168, 우림라이온스밸리 B동 B113, 114호
홈페이지   www.book.co.kr
전화번호   (02)2026-5777   팩스   (02)2026-5747

ISBN   979-11-5987-824-4 03810 (종이책)   979-11-5987-825-1 05810 (전자책)

최영만 장편소설

타임머신

속절없이 가정이 무너지는
우리 시대에 돌아보는 개화기의 결혼 풍속도

북랩 book Lab

목차

신부 족두리 사건

"나, 저런 사람과 혼인 안 해!"

있을 수 없는 일이다. 성스러워야 할 혼례식장을 신부는 엉망으로 망쳐놓고 냅다 도망친다. 어른들은 있을 수 없는 황당한 일이 벌어져 너무도 놀라서 입을 다물지 못한다. 아이들은 원초적 본능에 의해, 도망치는 신부를 우르르 따라간다.

신부가 도망쳐봤자 어디로 도망치겠는가. 멀리까지 도망칠 수는 없다. 염소윤이 친구네 집 작은방으로 뛰어들어가, 개어놓은 이불을 둘러쓰고 씩씩거린다.

몇 분이나 흘렀을까? 동네 아주머니들이 데리러 온다. 신부는 더 숨을 곳도 없어, 보이지 않는 눈을 감아버린다. 다른 신부 같으면 울고불고할 텐데, 신부 배기순은 사내 성격인지 울지는 않는다. 하지만 이 일을 어쩌겠는가. 벌여놓은 혼례식만은 치러야지.

"기순아! 그렇게만 있지 말고 가자!"

동네 아줌마들이 달래본다. 하지만 신부 배기순은 들은 척도 않고 코만 씩씩거린다. 지팡이를 짚고 다녀야 하는 장애인과 혼례를 치르라니….
전혀 예상치 못했다. 이런 상황에서 신부가 만약 내 딸이라면 "그러지 말
고 가자!" 할 수 있을까? 동네 아줌마들은 너무도 안타까워한다.

신부 배기순은 사내아이처럼 또래들을 몰고 다니고 천방지축으로 뛰놀
긴 하지만, 제 엄마 아빠를 닮아 얼마나 예쁜가. 그런 기순이를 친정아버
지는 왜 하필이면 잘 걷지도 못하는 장애인에게로 시집 보내는 걸까? 동
네마다 건강한 신랑감이 많고도 많은데 말이다. 내 딸은 아니어도 너무도
속상해서, 혼례식이고 뭐고 없던 일로 해버리라고 말하고 싶은 동네 아주
머니들….

혼례식장도 그렇다. 족두리를 벗어 내던지고 도망치는 신부의 행동은
상상도 못 한 일이 아닌가. 이거야 정말 초상집도 아니고, 서로 얼굴만 쳐
다보고, 모두 혼례식 진행자의 입만 바라본다. 신부 부모는 뒷마당 어디론
가 숨어버렸다.
황당한 상황에서, 그래도 혼례식을 치를지 말지는 진행자가 판단하리라
며 어리벙벙한 눈들로 바라만 본다. 진행자도 있을 수 없는 일이 벌어지
자 어쩔 줄 몰라 신부 부모를 찾아본다. 하지만 어디로 숨어버렸는지 안
보여 하객들만 바라본다. 하객들의 표정은 저마다 얼어붙어 있다.
이런 상황에서 어쩌겠는가. 그래, 판단은 내가 내리자.
"신부를 데리고 오시오."

그렇게 해서 혼례식 진행 절차를 거의 무시한 채 혼례식을 치렀다. 최악
의 상황을 최선의 상황으로 바꿀 수 있는 기기도 개발될까? 인공지능 알
파고가 바둑 세계를 평정한 바둑 천재를 바보로 만드는 걸 보면 말이다.

사회는 이렇게 변화 속도가 상상을 뛰어넘고, 그동안의 남자 역할을 여자가, 여자 역할을 남자가 한다. 이렇게 바뀐 시대에서 멀리 가버린 과거 조선시대를 말하는 것은 현대인들에게 어울리지 않을지도 모르겠다.

하지만 말하고 싶은 이야기가 있다. 그것은 바로 단군을 조상으로 하는 배달민족, 그 역사가 반만년이나 흐르는 동안 비록 삶의 형태는 변했다 해도, 그렇게 바뀐 시대에서 무엇이 옳고 무엇이 복인지를 나름 그려보고 싶다는 것이다.

나라님이 승하하시면 백성들은 상복 차림으로 곡하는 것을 당연하게 여겼던 군사부일체(君師父一體) 시절에는 이랬다. 나라님 승하 시에는 아니었겠지만, 부모상에서 남자는 '에고, 에고~', 여자는 '아이고, 아이고~' 그랬다. 부모의 상여를 따를 후손이 많지 않은 벼슬 집안이거나 부잣집은 일당받고 울어주는 사람을 고용하기도 했다고 한다. 요즘으로 보면 말도 안 되는 과시이지만, 당시 그것은 흉이 아니었다. 세상 떠나시는 부모님을 허전하게 떠나시게 해서야 되겠느냐는 효심에서 비롯된 것으로 인정했다.

시대적 풍습이기는 해도 오늘날 화장장에서 행해지는 장례식은 필요 없어진 물건을 내다 버리는 듯한 느낌을 받기도 해서 아쉽다. 물론 편리성을 무시하지 못해 그렇기는 해도 말이다.

인간은 무슨 일이 있어도 평등해야 한다. 그렇지만 힘의 논리 앞에서는 평등할 수가 없다. 지배하느냐 지배받느냐는 현재까지도 나뉘지만, 양반(兩班)과 천민(賤民)으로 구별하던 시절이 있었다. 양반은 지배계층 신분이고, 천민은 어린이들까지도 하대했던 최하층 신분이다. 오늘날에서 보면 말도 안 되는 신분제도이지만, 화가를 환쟁이로, 가수를 노래쟁이로, 도축인을 백정으로 불렀다. 백정에 대해서는 더 심해서, 잘못을 저지른 사람에게 '야, 이 백정 같은 놈아!'라고 욕하곤 했다. 1960년대까지도 그랬다.

천민 대접은 거기서 그치지 않았다. 이씨조선을 세운 태조 이성계는 승려도 천민으로 취급하라고 했단다. 승려면 불심에만 관심이 있어야지 정치를 넘보려 한다고 미움을 샀기 때문이다.

신분제도를 없애는 것이 꿈이었던 신돈은 혁명가와 요승(妖僧)이라는 상반된 평가를 받는 인물이다. 그는 아비 없는 사찰 여종의 자식이었던 탓에 어려서부터 자연스레 중이 되었다. 그러나 사찰 여종의 아들이라는 신분 때문에 중들 틈에도 끼지 못하고, 절간 허드렛일이나 하는 신세였다.

그런 신세가 어떤 경위로 왕실과 접촉하게 되었는지 기록에는 없다. 그러나 공민왕을 처음 만났을 때 자기가 처한 처지를 비춰 신분제도만은 없애야겠다는 각오를 밝혔는데, 그것이 귀족 집권층들에게 염증을 느낀 공민왕의 생각과 맞닿았다. 그래서 개혁의 기회를 노렸다. 하지만 그것이 궁중 관리들에게 들통나 결국 실패하고 말았다. 국가 대개혁은 생명을 걸 수밖에 없는 일이다. 박정희 대통령 군사 쿠데타가 생각난다.

한문 지식 하나 가지고 대단한 지식인인 양 위세를 부리던 사농공상(士農工商) 시절이 있었다. 구분 지어 말하면, 사(士)는 높임의 대접이고, 농(農)은 하대만은 받지 않는 평민 대접이다. 또 공(工)은 어른 아이 할 것 없이 하대 대접이고, 상(商)은 공보다 낮다. "옷에 먼지 묻어, 저리 안 비켜?" 하며 장사치 대접하는 것과 같다.

장사치 얘기가 나왔으니 말인데, 미국 금융계를 가지고 노는 유대인들에 대한 옛날의 대접에 관한 얘기다. "너희들은 장사나 해 처먹고 살아라."

이를테면 양반들이 먹고 남은 음식이나 주워 먹는 천한 것들로 여겼단다. 그렇게 보면 행동을 함부로 하는 사람을 '쌍것들'이라고 하는데, 그런 말도 상(商)자에서 연유했지 싶다.

인간이면 누구든 배우고 지켜야 할 윤리강령인 삼강오륜(三綱五倫)을 중시하던 시절이 있었다.

시대가 바뀐 탓에 많이 퇴색되기는 했지만, 삼강오륜은 이씨조선이 들어서면서 중국 문화권을 받아들인 것이라고 한다. 그 삼강오륜은 사회질서 차원이라고 하지만 알기도 지키기도 어렵다. 그러니 삶에서 쓰는 알기 쉽고 맘만 있으면 되는 '우리'라는 단어만 살리면 어떨까 싶다. '우리끼리'라는 단어도 있지만, 그런 단어는 다른 사람은 배제한 '자기들끼리'라는 의미니 그만두자.

아무튼 삼강오륜이라는 말이 나쁘지는 않으나, 오늘날에는 거의 잊힌 말이다. 이는 남성들은 대접받고, 여성들은 남성을 받들어 모셔야 하는 말로 인간 불평등이 아닌가. 국가 공직에 있어 유리천장이니 뭐니 하는 것이 바로 그것이다. 남녀평등인 현대사회에서 이제는 없어져야 할 케케묵은 여성 불평등이 아닌가.

이런 윤리강령은 어떤 부류들이 만들었는지 설명이 필요하진 않겠다. 양반은 대대로 양반, 종은 영원토록 종이었던 시대에서 아내는 남편을 모셔야만 했다. 그리고 그것도 부족해서 같은 입장들에 있는 사람들의 눈총은 상상을 초월했다. 심할 경우 동네에서 내쫓길 만큼 나쁜 X라고 대놓고 말하기도 했다. 드물기는 하겠지만, 오늘날에는 아내가 남편 알기를 애견보다 못하게 여기려 든다는 말도 듣는다. 안타깝다.

아내는 오직 남편 수발과 자식들 키우는 데만 전념해야 했던 현모양처

(賢母良妻) 시절엔 여자가 글을 배우고 싶어도 배울 수 없었다. 여편네가 글을 알면 남편을 무시할 수도 있다고 해서, 글 읽는 소리조차도 못 듣게 글방 근처에 얼씬도 못 하게 했다. 그러나 시대가 바뀌기 시작하면서 여성들도 배울 기회가 주어져, 돈이 있으면 공부를 했다. 서양 문물이 들어오게 되면서 그것이 가능해졌는데, 그것은 선교사들이 들어오면서부터였다. 그래서 여성들도 자유의 세계를 맛보게 되었다.

하지만 1960년대 말까지만 해도 이화여대 가정학과 출신들은 현모양처감으로 최상급 대접이었단다. 고약한 말일지 몰라도, 물건값으로 치면 한마디로 부르는 것이 값이었을 것이다. 장애인이거나 밉상만 아니면 이화여대 가정학과생들은 돈만 있다고 해서 함부로 꿈꿀 수 없는 대상들이었다. 그래도 돈 많은 재산가는 이름난 소문난 뚜쟁이들에게 있는 돈 넉넉하게 썼지 싶다.

신혼부부는 첫날밤부터 아기를 만드는 데 최선을 다해야 했다. 아기 만드는 작업을 어떻게 하는지 궁금해서 장난기가 심한 처녀·총각들은 문창에다 침을 듬뿍 발라 구멍을 내던 시절이었다.

신랑이 신부 옷을 벗기는 장면을 함부로 노출해서는 민망하니 병풍이 필요했다. 병풍의 기원은 모르겠으나, 신분과 상관없는 병풍임에도 냉수한 사발만으로 혼례를 치르는 가난한 집에서는 그런 병풍마저도 없이 첫날밤을 치렀다. 병풍이 첫날밤을 치르는 데 그렇게 중요할 필요는 없었다. 하지만 신랑이 신부 옷을 벗기는 행위는 반드시 치러야 하는 첫날 밤의 절차다. 그런 행위는 따질 것도 없이 종족 번식 행위로, 기독교에서는 창조주가 허락한 '생육하고 번성하라'는 구절과 관련 있다.

먹을 것도 부족하고 옷감도 부족해서 그랬겠지만, 편리성을 고려한 '고쟁이' 시절 이야기다. 나들이옷은 아니나 허리띠 풀지 않고도 대소변은 물론 아기 만드는 데도 전혀 불편이 없는 고쟁이. 그때의 고쟁이가 요즘으로는 대장 내시경 때 입는 가운과 같은 속옷이다. 하지만 고쟁이는 두 겹으로 만들어서 대장 내시경 때 걸치는 가운과는 사뭇 달라, 손으로 어쩌기 전에는 남성들 앞에서도 무사한 집안에서 입는 바지다. 물론 젊은 여성들의 속옷이 아니고, 할머니들만의 속옷이었다.

죄를 지으면 관가에 끌려가야겠지만 멍석몰이로 벌을 주던 시절도 있었다.

멍석몰이는 집안이나 동네에서 못된 짓을 저지르거나 난폭한 행동을 하고도 뉘우칠 줄 모르는 자가 있으면, 동네 회의를 거친 뒤 멍석에 말거나 뒤집어씌워 놓고, 온 동네 사람들이 매질하여 버릇을 고쳐 주는 습속을 이르는 말이다. 옛날에는 불량하거나 무뢰한 짓을 할 경우, 관청에 신고하는 것이 아니라 동네 어른들이 벌칙을 내렸는데, 그게 바로 멍석몰이다. 그래서 관청법보다 동네법이 더 무섭다는 말이 생겼다.

전남·경남 지방에서는 멍석을 덕석이라고 했는데, 1950년대 초까지도 행해지는 장면을 보기도 했다. 멍석몰이 벌칙은 나쁜 놈이라는 표시일 뿐, 뼈가 부서지거나 하는 정도는 아니다. 그러나 멍석몰이가 집안까지 욕되게 했다면 얼굴을 들고 다닐 수 있겠는가. 때문에 동네에서는 살 수가 없어 다음날 다른 데로 이사를 간다.

웃자고 하는 말이겠지만 도둑질도 사기꾼도 직업으로 본다면, 곤장을 맞는 직업이 있던 시절. 곤장은 죄인을 때리던 형구로, 다른 나무에 비해

덜 단단한 버드나무로 만든 넓적한 것이다. 곤장은 죄질에 따라 심하기도 약하기도 했는데, 뼈가 으스러지게 때리는 게 아니라, 매 맞는 소리만 크게 나게 했다고 한다. 죄질에 따라 다르고, 볼기짝이 까발린 상태로 맞기에 벌겋게 부어오르는가 하면 피가 나기도 했다. 물론 죄질에 따라 달랐겠지만.

그런 곤장을 누가 맞으려 하겠는가. 아픈 것도 아픈 것이지만 잘못 해서 맞는 날엔 나쁜 놈으로 인칠 것이 분명해서, 돈을 받고 대신 맞기도 했다. 가난한 처지라면 어쩌겠는가. 굶어죽을 수는 없어 곤장을 맞는 것도 직업으로 생각해야지.

그것이 소문이라도 나면 매 맞고 받는 보수도 쏠쏠해서 대기업 정규직 보수 정도는 아니었을까. 우리 조상만은 그런 방법으로 살아오지 않았다고 누가 자신 있게 말할 수 있겠는가. 곤장도 한 가지가 아니라, 저지른 죄질에 따라 치도곤, 대곤, 중곤, 소곤도 있었나 보다.

다시 처음으로 돌아가 보자면, 이 혼례식은 역사적으로는 탑골공원에서 민족 독립을 위해 목숨을 건 민족 대표 33인이 독립만세를 불렀던 해로부터 십 년 전, 열여섯 살에 혼인해서(나라에서는 여자는 열네 살, 남자는 열다섯 살이면 혼인시키는 것을 인정했다. 그러나 그런 인정은 사실상 있으나 마나였다. 실제로는 여자는 열두 살, 남자는 아홉 살에 혼인을 시키기도 했다. 또 그럴 만한 사정 때문이었겠지만, 열 살도 안 된 어린 여자아이를 키워 며느리로 삼고자 한 민며느리 제도도 있었단다. 어쨌든 당시는 여자 열일곱 살 이상이면 혼기를 놓친 것이다), 아기 밭이 엄청 튼튼해서 그랬겠지만, 혼인 다음 해부터 거침없이 아들딸을 낳아, 무려 아들 일곱, 딸 여섯을 둔 한 할머니의 얘기다.

혼례식은 옛날뿐만 아니라 오늘날에도 성스럽다. 때문에 신랑·신부는 다소곳해야만 한다. 신부로서 당연했음에도 그 할머니는 있을 수도 없고 있어서도 안 될 신부 족두리를 내팽개치고 도망친 것이다.

신부 부모는 혼례식 날을 정했고, 신부는 혼례 준비를 했다. 혼례식 진행을 맡아주실 친구 아버지 노정출 씨는 혼례식 진행에 차질 없게 준비했을 것이다. 시집보내는 이웃집 한 동네 아저씨 입장에서 혼례식 준비라고 해봐야 별것 있겠는가. 그동안의 이력으로 소리가 잘 나올지 목소리만 조심하면 그만이지. 그래서 목을 위해 그동안 마시던 술만 조금은 덜 마신 것이다.

노정출 아저씨는 상엿소리도 잘 내는 사람으로서, 혼례식 진행을 맡아달라고 부탁할 것도 없이 미리 알아서 준비하곤 한다. 그래서 신랑이 말을 타고 오기만을 노정출 아저씨는 기다린다. 그런데 어떤 이유에서인지는 몰라도 말(馬)이 아니라 가마라는 것을 탁규호 친구 둘째 아들 상철이가 말해 알고는 있다. 혼례식 진행자가 신랑이 무엇을 타고 오든 알 필요도 없지만, 소식은 그랬다.

누구든 그렇지만 신랑 일행은 혼례식 한두 시간 전에 미리 와서 바로 옆집 마당에서 부를 때까지 대기한다. 동네 사람들에 의해 혼례식장도 꾸며졌겠다, 신부도 예식 준비가 되었겠다, 혼례식 진행자 노정출 아저씨는 대기 중인 신랑 일행을 불러들인다. 그렇지만 함잡이부터 좀 이상하다. 함잡이 일행이 서너 명이 아니라 혼자가 아닌가.

혼례식 절차는 먼저 함잡이부터 시작한다. 함잡이는 신분과 형편에 따라 다르다. 혼례식 당일인지 전날인지도 다르다. 함잡이가 "주인장(신부 아버지)! 어디 계시오? 어서 나와 함을 받으시오!" 해서 주인장이 나와 함을 받으려고 하면, 함잡이 일행은 함을 순순히 내주지 않는다. 혼례식을 축하한다는 의미로 "신부 양위분이 손 붙들고 나와 받으시오!" 하며 재밌는 개그도 펼친다.

그렇게 십여 분 시간이 흐른 다음, 신랑은 들어와 마상에 당당하게 앉아 "저 문한식은 배승호 씨 댁 셋째 따님과 혼례식을 치르기 위해 새벽잠도 포기하고 멀리서 예까지 버선발로 이렇게 왔습니다"라고 말한다. 마상에 앉은 신랑이 그렇게 말하면 혼례식 진행자는 "신랑은 마상에서 내려와 신부 댁에 먼저 큰절을 하시오!" 한다.

그런데 이 함잡이는 재밌는 개그도 없이 함만 받게 하고, 곧바로 가마가 들어오지 않는가. 가마지만 그래도 마상에서의 식처럼 말하려고 했더니, 당당해야 할 신랑이 장정 두 사람의 부축에 의해 내리는 장애자가 아닌가. 혼례식 진행자는 너무도 놀라서 말문이 열리지 않는다.
이런 상황에서 혼례 진행을 어떻게 해야 할지 몰라 쩔쩔맨다.
그러다가 '그래, 다 갖추지 못한 약식 혼례식일지라도 혼례식 진행만은 해야지' 하며, "신부 출!" 한다. 신부는 두 아낙의 부축을 받아 조심스럽게 걸어 나온다.
다른 혼례식 때 같으면, 아낙들은 예쁘다는 말도 하고 그러는데, 전혀 생각지 못한 장애자 신랑인 줄 알아차리고서는 모두가 함구다.

전통 혼례식은 지방마다 조금씩 다르나, 신랑신부 맞절 순서가 이어진다. 신부는 재배, 신랑은 일배 등, 복잡한 순서 절차를 거쳐 청실홍실에 연결된 표주박에 술을 따른다. 신부는 '이 술은 혼례식 이후부터는 그대의 아내로서 이 세상 끝나는 날까지 몽둥이로 두들겨패 죽이지만 않는다면, 그 어떤 일이 있어도 그대의 양처로만 살겠습니다.'는 다짐의 건배주이다. 신랑도 '이 혼례식 이후부터는 그대의 남편으로서 아무리 아리따운 양귀비가 하얀 속살이 다 보이는 차림으로 유혹한다 해도 한눈팔지 않고 그대만을 위해서만 살겠습니다.' 하는 의미의 건배주다.

그렇기도 하지만, 신랑이라는 사람은 아기 씨를 잘 심을 덜렁한 콘지? 신부가 품에 안길 만큼 당당한지? 신부라고 하는 여자는 아기를 쑥쑥 뽑을 엉덩이인지? 사내들 혼을 뺄 춘향이처럼 미녀인지? 혼례 의식일 때라야 비로소 신랑신부가 얼굴을 똑바로 볼 수 있던 혼례식에서, 신부로서는 '신랑이란 놈은 대관절 어떻게 생겼을까?' 궁금해한다. 오늘날에서 보면 말도 안 되는 혼사지만 그랬다.

당시 사정으로는 그럴 만한 이유가 있었겠지만, 신랑감, 신붓감 얘기를 해준 부모는 드물었다. 그래도 사윗감은 봤지만 신붓감은 그마저도 안 봤다. 오늘날에서는 말도 안 되는 일로, 1950년대 초까지도 사랑하는 자식을 중매쟁이 말만 믿고 혼인을 시켰다. 아무튼 요즘에는 전통 혼례식을 재현하기도 하는가 본데, 그런 혼례식은 궁궐혼례식이나 사대부 집안 수준들이 행하던 혼례식이다. 생활 형편이 여의치 못할 경우 맹물 한 사발 떠놓고 맞절만으로 혼례를 치르기도 했다. 혼례라는 말이 결혼이라는 말로 바뀐 것도 그리 오래지 않았다. 1950년대 말까지만 해도 혼례라고 했다.

물릴 수도 없는 혼인을 양가 부모도 모른 채, 중매쟁이 말만 믿고 사주만 보고 혼인을 시킨 것이 말이나 되는가. 그랬기에 사주는 상대가 맘에 드느냐에 따라 생년월일은 그대로 두고 낳은 시간만 바꾼다. 바꾼 것은 속이는 일이지만, 아는 것으로 그만이다. 형편이 어려우면 식구를 줄이기 위해 아홉 살짜리도 시집을 보냈다지 않은가. 신랑이 더 어리다면 혼인이 무엇인지도 모르는 나이에 혼인 당사자끼리 선을 보게 할 수는 없지 않은가. 부모가 다 알아서 혼례를 시키던 시절 그렇게 시집을 갔고, 자식을 두었고, 환갑도 못 돼 대부분 죽었다. 그리 오래전 얘기가 아니다.

신랑도 그렇겠지만 신부는 혼례식에서나 신랑을 볼 수 있었다. 그러니 혼례를 치르기 위해 왔다는 신랑이라는 사람이 어떻게 생겼는지 궁금하지 않을 수 있겠는가. 궁금하다고 해서 얼굴을 쑥 내밀고 볼 수도 없다. 신부는 신랑을 못 보게 널따란 천으로 앞을 가리고 두 여자의 부축을 받아 혼례식장에 들어서게 된다. 신부는 혼례식 진행자 말을 따라야 한다. 그런데 신부 배기순은 신랑이 너무도 궁금한 나머지 앞을 가린 가림막 너머로 신랑을 본다.

'아니, 이게 어떻게 된 거야. 그동안 그리던 당당한 신랑이 아니지 않은가. 지팡이를 짚고 서 있다니…'
눈치 빠른 신부는 신랑이 잘 걷지도 못하는 장애자임을 직감하고, "저런 사람과는 혼인 안 해!" 소리를 냅다 지르면서 족두리를 벗어 내던지고 도망쳐버린다. 있을 수 없는 혼인식 촌극이 벌어진 것이다.
이런 일은 신랑 측이야 어느 정도 예상했겠지만, 신부 측에서는 상상도 못 한 일. 혼주는 말할 것도 없고, 혼례식에 참석한 동네 사람들도 눈이 휘둥그레졌을 것이다. 짐작이 필요하겠는가.

그렇다. 조선 말기만이 아니라 1940년대 말까지만 해도, 부모님 앞에서 이런 못된 반항을 한다는 것은 얼굴을 들고 나다닐 수 없는 집안 망신이었다. "너 하나쯤은 없어도 돼." 그럴 만한 일이지 않았는가. 집안이 딸자식보다 더 중할 수도 있기 때문이었을까.

있을 수 없는 일을 신부는 저질렀다. 떠들썩하게 축하해주어야 할 혼례식장은 초상집처럼 꽁꽁 얼어붙어버렸다.

그렇다고 해서 혼례를 없었던 일로 할 수는 없지 않은가.

그래, 신부가 도망치면 어디로 도망치겠는가. 눈을 감고 "나 어디 있게? 얘들아, 날 찾아봐라?" 하는 어린이들 숨바꼭질 같았다. 결국에는 혼례를 치르고 말았다.

'나를 색시로 맞이해 갈 멀쩡한 신랑감들이 동네마다 있을 텐데도 하필이면 잘 걷지도 못하는 장애인을 골라 시집을 보내게 하시다니…'

신부는 얼마나 억울했을까? 억울하지만 부모님이 정해주신 대로 살아갈 수밖에 없다. 그런 억울함을 참고 살다 보니 자식들이 태어났고, 태어난 자식들을 시집·장가도 보내게 되었고, 귀한 손주들도 보게 된 것이다.

같은 면도 아니고, 다른 면에 사는 사윗감을 중매쟁이 소개로 선을 보기는 했으나, 지팡이 없이는 걷지도 못하는 장애인인 것을 못 보고 딸을 시집보내게 되었다는 것이 부모로서 얼마나 미안했겠는가. 후회란 그 특성상 항상 뒤에 나타나는 일이다.

선보러 가서 훈장이 거처하는 글방 예비 사돈과 혼례에 대한 얘기는 놔두고, 한문 얘기만 나누느라 장애자인 것을 못 보았다.

그러던 중에 사윗감은 부엌문으로(장애를 감추기 위해 살짝) 들어왔다. 얼굴을 보니 이만하면 생활 형편도 동네에서는 유지고, 훈장 집이지 않은가. 그런 생각만으로 혼인을 허락했다는 것이 시집보내는 부모로서 얼마나 후회스러웠겠는가.

지팡이 없이는 걷지도 못하는 장애인을 멀쩡한 사윗감으로만 본 것은 누구의 불찰도 아닌 친정부모 자신의 불찰이었다. 누구에게 탓할 수도 없어 발등을 찍고 싶을 만큼 후회스럽지만, 그렇다고 해서 혼인을 물릴 수도 없지 않은가. 창피하기도 하고 괴롭지만 어쩔 수 없다. 나중 일은 나중 일이니 눈이라도 감아버리자.

친정어머니는 혼례식 전전날부터 첫날밤엔 신랑이 신부 족두리를 벗기고, 옷고름도 풀 텐데, 너는 가만히만 있으면 된다고, 혹 소박이라도 맞을까 봐 신신당부했을 것이다. 신랑 어머니도 신부 족두리 벗기기, 옷고름 풀기, 종족 씨 심기 요령 등 경험을 살려 소상히 당부했을 것이 아닌가. 혼인을 시키는 부모들로서는 당연한 당부일 테니까.

신랑이 장가를 들면 신붓집에서 최소한 하룻밤은 묵어야 한다. 그렇지만 이렇게 된 마당에 당일치기로 할 수밖에 없었다. 그래서 신부는 아침도 안 먹어 배고플 테니 먹으라고 할 수도 없어, 점심도 못 먹고 가마를 타버린 것이다.

당일치기는 어쩔 수 없는 계획이었을지라도, 족두리를 벗어 내던지는 신부를 바라본 신랑은 장애인이라는 처지가 너무도 창피하다는 생각에 혼례식이고 뭐고 다 때려치우고 싶었을 것이다. 이 자리에서 콱 죽어버릴까? 극단적인 생각도 하지 않았을까. 집에서도 아들이라는 대접은커녕 '장애인으로만 평생을 살 거면 집안을 위해 차라리 죽어주었으면…' 하고 부모님은 바랐을지도 모른다는 엉뚱한 생각도 든다.

신랑은 혼례를 치르고 집에 돌아가기는 하지만 혼례식장에서 보여준 장애인 꼴이 뭔가. 귀로 들리지는 않았지만, 병신이라는 조롱이었을 텐데, 병신으로 낳아주신 부모 원망은 안 했을까. 신부는 억지로나마 혼례를 마치고 가마를 탔으나, 시집을 가는 게 아니라 죽으러 가는 것 같아 많이도 울었을 것이다. 축하를 받으며 혼례를 치러도, 가마를 타게 되면 부모 곁을 영원히 떠난다는 아쉬움 때문에 눈물이 앞을 가린다지 않는가. 어쨌든 가마를 타버린 이상 이제부터는 죽으나 사나 장애인을 남편으로 알고 자식도 낳고 살아가는 일만 남은 것이다.

신랑 부모님으로서는 지팡이 없이는 변소조차도 못 가는 장애인이라는 사실을 숨기고 사기를 치다시피 며느리를 맞이했으니, 며느리를 되레 모셔야 하게 되었다. 그래서 장애인과는 못 살겠다고 딴 맘이라도 먹으면 큰일이었다. 일손이 절대 필요한 농사철에도 일은 커녕, 시원한 정자 그늘에나 있게 하고, "며느님, 시장하시지요? 진지 차려왔으니, 맛은 어떨지 몰라도 많이 드세요." 하기까지는 아니어도, 며느리로서 기본적인 것도 할 줄 모르냐고 몰아세울 수는 없지 않은가.

농경사회가 산업사회로 바뀌기 바로 얼마 전까지도, 여자는 반찬 만들기, 길쌈하기를 기본으로 했다. 옛날에는 말하기 시작할 때부터 배우고 익혔다. 친정부모는 시집가서 할 수 있는 일들을 소상히 가르쳤고, 딸들은 배우기도 했지만, 놀이 자체가 어른 되기 연습으로 이해하면 될 것이다.

친정 첫 나들이

"성필(큰 머슴)이 자네, 내일 할 일이 뭔가?"

"내일요? 그렇게 바쁜 일은 없습니다. 못자리 준비밖에…."

"그러면 내일 기준(작은 머슴)이랑 우리 자부 친정집에 따라갔다 와야겠네."

"알겠습니다."

느낌이지만 장만한 음식을 보고 그렇게 말씀하실 줄 알고 있었다는 대답이다.

"한종이 너도 같이 네 형수 따라갔다 올 수 있겠지?"

"예, 저도요?"

머슴만 딸려 보내겠는가. 그렇지만 잘 됐다는 어조다.

시아버지는 기분이 좋으신가 보다. 어찌 그러지 않겠는가. 훈장 체면에 말도 안 되게 사기를 치다시피 해서 데려온 며느리이다. 그래서 며칠간은 도망칠 것처럼 보여 "애야." 부르기도 쉽지가 않았다. 물론 부를 일도 없지만, 불러도 대답을 안 할 것 같은 며느리가 언제 그랬느냐는 듯 밝은 표정이 아닌가. 어떤 녀석이 태어날지는 몰라도 수태를 해서 도망칠 수도 없다는 포기 때문인지는 몰라도….

아직도 새댁인 먹골댁으로서는 친정 다녀오게 되었다는 기쁨에 이루 말할 수 없이 좋았다. 하지만 그때 그 일이 몇 개월도 안 되었는데, 어찌 눈에 선하지 않겠는가. 날짜도 기억하기 싫은 시월 초아흐렛날, 신부로서는 평생에 단 한 번밖에 없는 혼례식 날이기 때문에 한 끼 정도는 굶어도 배고프지 않은 날이다.

그렇지만 신부는 변소도 참아야 한다는 생각에 전날부터 굶어서 그렇겠지만, 배가 고팠다. 신부의 성격으로 배고픔은 못 참아 식사 때만 기다릴 수 없어 부엌을 들락거리기도 했지 않았는가. 그런 성격이라 배고픔만은 해결해야겠지만, 너무도 억울한 혼례였다. 그래서 밥은커녕 "시집가서 잘살 테니 이렇게 가는 것을 너무 서운해 하지는 마십시오." 하고 친정부모님께 인사도 드리지 못하고 가마를 타버렸다. 친정부모님도 동생들도 보고픈 맘은 그런 미안함 때문만이 아니다.

누구든 그럴 테지만, 친정부모와 형제가 떨어져 산다는 것은 슬픈 일이 아닐 수 없다. 그런 슬픔은 아이를 낳고 기르면서 점점 약화할 것이다. 하지만 친정엔 아버지의 근엄하심과 어머니의 자애가 있지 않은가. 그래서 가고 싶어도 친정부모가 돌아가셨다는 부고가 있거나 그럴 경우 말고는, 대를 이을 자식을 낳아 걸리고, 업고 그러기 전에는 친정에 갈 꿈도 꾸지 말라는 말을 며느리들은 들었을 것이다.

오늘날의 며느리들은 당시의 며느리들의 애환을 어떻게 알겠는가. 알 필요도 없을 것이다. 당시 딸만 낳았다면 기분 좋게 보내줄 시부모가 있을까?

짐작뿐이지만 그마저도 포기해야 하는 안타까움도 있었을 것이다.

부모 입장으로서는 싫을지 모르겠지만, 며느리에게 밉보이지 않아도 며느리는 시부모가 며느리 앞에서 없어지기를 기도한다는 말도 듣는다. 웃자고 한 말일 것으로 생각할 수도 있겠지만, 결혼조건 순위 중 첫 순위가 시부모가 없는 것이라는 말은 거짓이 아닌 것 같다. 그동안 친정에서 키우던 애완동물을 데리고 가지 않으면 안 된다는 동물 애호가도 있다는데, 그들에게 시부모 모실 생각도 있느냐고 묻는다면 뭐라고 할까? 슬픈 일이다.

친정에 가기가 이렇게 어렵다는 말을 친정 부모에게서 들은 게 아니라 이웃 금산 댁에게서 들은 것이다. 친정에 가기가 그렇게 어렵다는 것을… 누구에게 들었던 먹골 댁은 친정 생각이 자꾸 났을 것이다. 친정에 가고 싶은 며느리의 맘을 시부모라고 어찌 모르겠는가. 겪어본 경험으로 알고도 남겠지. 그렇지만 대부분의 시부모는 모른 채 며느리를 종처럼 여기던 시대적 분위기였다.

그런데 시부모가 생각지도 않게 "얘야, 너 친정에 가고 싶지?! 그래, 한 번 다녀와라." 했다면 이보다 더 좋을 수 있겠는가. 이런 일을 맛보기는 누구도 쉽지 않은 일로서, 시부모가 며느리에게 특별 배려를 베푸신 것이다. 1940년대 후반까지도 친정이 한 동네라도 말(禍)을 물어 나른다고, 시부모 허락 없이 친정에 가면 그로 인해 소박맞기도 했다는 것 같다.

며느리는 친정에 간다는 생각에 벌써부터 맘이 들떠, 언제 입을지도 모르는 장롱 속에 넣어둔 치마저고리도 꺼내 만져보고, 여기저기 두리번거리는가 하면, 집안을 이리저리 왔다갔다 온통 부산을 떤다.

혼례식장을 초상집 분위기로 만들어버린 며느리로서는 친정 부모님도 보고 싶지만, 동생들도 눈에 밟힌다. 그렇지만 시어른께 말할 수는 없었다. 맘만 간절할 뿐이었다. 그랬는데 시어머니는 술을 담글 때까지는 말씀이 없다가 부르신다.

"얘야, 너 친정에 한 번 가보고 싶지? 그래, 어찌 가보고 싶지 않겠니. 다녀와라. 그래서 술을 담그는 것이다. 날도 잡아 놨다. 날씨가 어떨지는 몰라도 삼월삼짇날이 바깥 나들이하기에 좋다는 것 같다." 시어머니 말씀…, 떡이며 통닭이며 이것저것 많이 해서 머슴이 짊어지고 따라갔다 오라고까지 하시지 않는가. 어떤 며느리가 이런 후한 대접을 받았을까. 이것이 친정 나들인가. 여섯 달도 되기 전에 친정에 다녀온다는 기쁨은 누구도 모를 것이다.

"색시야, 같이 못 가서 미안해."
남편도 알고 있을 뿐 어쩌겠는가. 같이 갈 수 없는 장애자인데, 가마로 태워다 주면 또 모를까. 이해하고 혼자 다녀오라고 할 수밖에. 장인 장모님께 죄송하기로 치면 자기보다 더할 사위는 세상에 없을 것이다.
장애자인 줄을 알고서 시집을 보냈다 해도 속상하실 텐데, 무슨 물건도 아니고 귀한 딸을 사기를 당하다시피 시집을 보내게 되어 그로 인해 상심이 얼마나 크시겠는가. 어쨌거나 사위로서 이렇게라도 잘못을 사죄드리고 싶다. 색시를 보는 눈빛은 되레 색시를 눈물 나게 한다.

시집을 가면 귀머거리 3년, 벙어리 3년, 장님 3년, 장장 9년을 친정집에 못 간다는데, 시부모님께서는 시집온 지 반년도 안 되어 친정에 보내주시다니…. 친정에 가는 입장은 너무도 좋아 시부모님께 "아버님 어머님, 감사합니다." 머리가 땅에 닿게 절을 한다. 친정 가는 길에서 먹골 댁은 먹을 것을 짊어지고 가는 머슴들에게 대접하고 싶은 맘으로 "아저씨, 우리 좀 쉬었다 갑시다." 한다.

"한 십 리쯤 왔는데 그럴까요."
"친정에 가면 점심 먹겠지만, 그래도 뭘 좀 먹고 가야 하지 않겠어요?"
길을 벗어난 좀 한적하다 싶은 곳에서 약간의 음식을 먹으면서
"도련님 부모님도 엄청 좋으시지만, 도련님도 엄청 좋아요."
"나도 형수님이 엄청 좋아요."
"두 아저씨도 좋고요."
"아니에요, 우리는 새아씨 때문에 힘든지 몰라서 더 좋아요."
"고마워요. 그렇게 봐주시니."
"봐 드리는 게 아니라 진짜예요."
장애인 아들 문제 때문이겠지만, 웃음이 없던 집안이 새댁이 옴으로써 밝아지지 않았는가.

젊은이들 밝은 모습은 희망으로 보여, 누구는 며느리로, 사위로 삼고 싶고, 돕고 싶은 맘이 생겨 괜찮은 곳에 심어주고 싶고, 그럴 것이 아닌가. 고 강영우 박사 작은 아들(크리스토퍼 강) 얘기로, 그는 하버드 대학에 합격을 해놓고도 봉사단체에서 활동하느라 마지막 마무리를 못 해 떨어졌다. 그래서 시카고 대학에 붙어 공부하게 되었다. 그를 지켜본 전직 상원 의원이었던 지도교수는 그를 돕고 싶은 맘이 생겨, 백악관 비서관을 통해 오바마 대통령에게

추천해 백악관 법률자문 비서관이 되었단다. 그것을 두고 강영우 박사 성공 스토리로 많은 사람들의 부러움을 산다지 않는가.

아버지 강영우 박사는 작은아들이 하버드 대학에 붙지 못한 것이 못내 아쉬워 "이 녀석아. 그래, 봉사활동도 좋지만 그렇게 어려운 하버드 대학에 합격했으면 마무리까지 해놓는 것이 먼저가 아니었느냐." 했다.

그러자 "아버지, 거기까지는 생각 못 하고, 아버지 말씀대로 봉사활동은 무엇보다 중요할 것 같다는 생각에 노인들을 위한 모금 운동을 펼치느라 그렇게 되었어요. 아버지, 어디 하버드 대학만 명문대학인가요, 시카고 대학도 명문대학이잖아요. 거기에 들어가 공부할 거예요. 아버지…" 했다고 한다.

"도련님, 그런데 부탁할 게 있어요, 형님이 활발치 못하시니 도련님이 좀 도와주면 해요, 물론 지금도 엄청 잘하지만…."

시동생에게 이런 부탁까지 할 필요 있겠는가마는, 남편이 사위로서 처가에 같이 못 가는 것이 너무도 안타까워 그런 말이 나온 것이다.

"예, 형수님, 형님께 잘할게요."

"고마워요, 도련님."

삶에서 이런 대화가 살아있어야 살아볼 만한 사회이지 않겠는가. 이 내용을 보게 될 독자 그대여! 아름다운 세상이기를 바라는가. 그러면….

'시부모님께서 오늘은 친정에 갔다 오라고 하셔서 아버지 어머니 뵈러 갈 겁니다.' 이렇게 연락을 취할 수도 없었다.

머슴들과 시동생과 친정에 도착하자, 친정집도 동네도 그냥 그대로인데 사람들이 안 보인다. 오늘이 5일 장이다. 다들 장에 갔을까. 친정부모는 안 계시고 동생들만 있기에 물었더니, 아버지는 고개 넘어 동네에 가셨는데 오실 때가 되었다고 하고, 어머니는 모레 있을 목포댁 다섯째 딸 강문자 혼례식 준비 땜에 가셨다면서, 열세 살짜리 남동생 안식이가 뛰어간다.

"이게 어떻게 된 거야."

친정어머니는 부둥켜안고 우신다. "그래, 아버지는 고개 넘어 한방호 아저씨 댁에 가셨는데 곧 오실 거다. 아무튼 왔으니 일단은 방으로 들어가자."

친정어머니 말씀이 떨어지자마자 아버지가 오고 계시는 보다.

"아버지, 누나 왔어요."

"누가 왔다고?"

"넷째 누나 기순이 누나가 왔어요."

동구 밖 모퉁이 소리다.

기순은 딸로서 친정아버지, 어머니께 큰절을 올려 드리고 나서, 시부모가 이렇게 친정에 보내주시게 된 데 대해 자초지종 말씀을 드린다.

"아버지, 혼례식 날 족두리를 벗어 내던지는 행동을 했을 때 아버지께서는 어떻게 할 수도 없어 많이 속상하셨지요? 아버지, 어머니, 죄송해요."

"이것아…. 그날 아버지는 죽는 줄 알았다 야."

딸 기순이는 가져온 술을 따라 아버지께 대접한다.

아버지는 꿈인지, 생시인지 구분은 되겠지만, 혼례식장에서 있었던 일이 생각나시는가 보다. 아버지는 내 딸 기순이가 맞기는 한가? 확인하고 싶으셔서 그럴까.

딸을 빤히 쳐다본다.

"세상을 살다 보면 전혀 엉뚱한 일도 있을 것이다. 그렇지만 사기를 당한 혼례는 세상에서 내가 처음이 아닐까 싶다. 어쨌든 이렇게 와서 괜찮아졌다는 말을 듣기 전까지는 애비로서 너무도 창피해 부끄럽고 얼굴 부끄러워 나다닐 수가 없었다. 아직도…."

아버지 눈가에 이슬이 맺힌다. 반갑기도 하지만 미안함 때문일 것이다. 아버지 눈가에 맺힌 이슬은 하늘보다 높고 바다보다 넓다.

"아버지, 죄송해요. 그러지 말았어야 했는데…."

부끄럽고 창피해서 동네도 나다니기 싫다는 아버지 말씀은 기순이 고개를 숙이게 한다.

"아니야, 네가 미안해할 게 아니다. 아버지가 미안해할 일이다. 그런데 아저씨들 어디 계시는지 방으로 모셔라."

"예, 아버지."

기순이는 아버지 말씀이 떨어지자마자 밖으로 나가 머슴들을 불러온다.

"아니, 밖에 계시게 해서 미안해요. 얘야, 술부터 따라 드려라."

딸 기순이는 아버지 말씀이 떨어지자마자 술을 따른다.

"아니, 저까지…."

큰 머슴은 마지못해 잔을 받는다.

"아버지, 그때는 그랬지만 지금은 행복해요. 시부모님은 말할 것도 없고, 도련님도 여간 고맙게 해주지 않고요. 무거운 짐을 마다 안 하시고 여기까지 지고 와주신 두 아저씨도 얼마 감사한지 몰라요."

"아니에요, 아씨 때문에 제가 더 행복해요."

머슴은 덕담으로만 한 말이 아니다. 진심일 것이다. 일상적인 얘기라도 나눌 수 있는 상대는 아씨와 시동생이다. 그렇다. 먹골 댁이 시집오기 전에는 꼭 필요한 말 외에는 할 말이 거의 없었지 않은가. 물론 작은 아들인 한종이가 있어서 집안 분위기가 그렇게까지 어둡지 않았지만 말이다.

"이쪽 아저씨도 따라 드려라."

"아니에요. 저는 술을 못 해요."

술을 못 해서가 아니라 큰 머슴으로 그만이라는 생각에 그런 것이다.

"그러면 안주라도 드세요."

내 딸을 힘들지 않게 하기는 큰 머슴 작은 머슴이 있겠는가. 그렇기도 하지만 친정아버지는 동네 유갑진 씨 댁 머슴과는 속에 있는 말까지 다하고 지낸다고 한다.

"그러면 아저씨(큰 머슴)에게 한잔 더 따라라."

"아니에요."

집에서 같으면 더 마셔도 되겠지만, 여기는 어딘가. 새댁 친정집이 아닌가. 조심해야 할 것이다.

기순이는 머슴들의 수고를 조금이라도 덜어주겠다는 의미로 술도 따라 드리곤 하는데, 머슴들은 좋아하는 것 같다.

같은 술이라도 누가 따라주느냐에 따라 맛이 다르다는 것을 애주가들은 안다. '기왕이면 다홍치마' 그런 말도 있지 않은가.

"아저씨가 제 딸 덕분에 행복하시다니 다행입니다. 잘 부탁드립니다."

"부탁은요. 아씨는 천사예요."

"그럴 리가 있겠습니까. 과찬입니다."

아버지는 석 잔도 아닌 것 같은데 술기운이 오르시는가 보다. 아버지 주량은 약하신 편이다. 어머니가 술을 담그지만, 혼자 술 드시는 일은 거의 없으시다. 술 마시면 안 될 체질은 아니실 텐데도 말이다. 머슴들은 말 대접으로 술 한 잔만 하고, 이렇게 왔으니 동네 구경도 하겠다면서 나가버린다.

"그래 행복하다니 다행이다. 그래, 시어른들께서는 잘 계시겠지?"

"예, 아버지."

"그래, 언제 한번 만나 찾아봬야겠다."

"아버지 문 서방은 묻지 않으세요?"

"오, 그렇구나. 미안하다. 그래 잘 있냐?"

친정집 분위기가 좋아졌다. 어머니도 아버지 표정을 보면서 가늘지만, 미소를 지으신다.

이런 날이 있기까지 나 때문에 아버지 어머니, 동생들까지도 얼마나 힘들었을까.

"아버지! 아버지께서는 장애인에게 시집을 보낸 것을 실수로 생각하셨겠지만, 생각을 해보니 그런 실수는 다른 일에도 있었으면 해요. 저는 복이 터졌어요."

"뭐야? 복이 터졌다고…? 그래 네 말을 못 믿어서야 되겠느냐마는, 걱정할 이 아비를 위로해주기 위한 말은 아니겠지…?"

"아버지, 아니에요, 시어머님은 제가 여간 좋지 않으신가 봐요. 어디든지 데리고 가시고 듣기 민망할 정도로 자랑도 하시곤 그러세요."

"…?!"

"문 서방도 여간 고맙게 생각하지 않고요."

"…!"

듣기만 하지만 늘어놓는 딸의 말은 위로해주기 위한 말이 아니라 진짜일 것이다.

"아버지, 제가 만약 건강한 사람에게 시집을 갔어도 이런 대접일까요? 친정에서 그것밖에 못 배웠느냐는 등, 숨 막힌 삶이 시부모님이 돌아가시기 전까지는 계속일 텐데 말이에요."

"그렇기는 할 것 같다만…."

"아버지, 저는 살맛 나요. 장애인은 문 서방이지 제가 아니잖아요."

"…!"

"우리 동네는 그런 사람이 없지만, 건강하고 잘났다고 생각하는 남편들 치고는 작은 여자가 다 있다는데, 저는 그런 걱정도 할 필요 없을 것 같아요."

"…!"

친정아버지는 딸 열변을 들으면서 '네 머릿속에는 대관절 무엇이 들어 있는 게야? 어른들도 생각 못 할 말을 하다니…. 기순이 너를 보니 아들만 자식이 아니구나. 기분이 여간 좋지 않다.' 그런 생각인지 약간의 미소만 흘린다.

"어머니에게도 술 한 잔 따라라. 임자, 술을 이럴 때 안 마시고 언제 마시겠소…?!"

아버지는 어찌 그러지 않으시겠는가. 그동안의 걱정이 풀리고 있는데…. 어머니는 술 빚기는 해도 간 보듯 마실 뿐 안 마신다. 딸이 그것을 알면서까지 또 술 따라드리는 건 도리가 아닌 것 같아 어머니를 쳐다본다. 그러잖아도 남편 앞에서 술을 마셔서는 안 된다고 어머니는 말씀하셨다.

그렇게 부부유별이 필요하겠는가마는, 남편 앞에서는 밥도 따로 밥상 아닌가.

"임자, 이 술은 그냥 술이 아니요, 죽었다 살아난 딸이 따르는 술이요."

아버지는 그렇게 말씀을 하셔도 어머니는 아니라고 손사래다.

"아버지, 말씀드릴 게 있는데, 말씀드려도 되겠어요?"

"아니, 너 그동안 없었던 신중함을 보이는구나. 야, 너무 신중하다. 그래, 뭔데 말해봐라."

"다름이 아니라, 혼례식 때 잘못한 행동에 대해 동네 어른들에게 죄송했다는 인사를 드리고 싶어서요."

"그렇게 하면 좋기는 할 것 같다만, 집에 가야 할 시간이 돼서 안 되지 않겠니."

"그분들에게 죄송했다는 인사를 드리려면 오늘은 시간이 안 돼, 낼 가야 할 것 같아요. 아버지…"

"그게 무슨 소리야 낼이라니…, 말도 안 된다."

"그런 문제까지도 시어른들께서는 알고 계실 겁니다. 문 서방이 말씀을 드렸을 테니까요."

"시어른도 알고 있을 거라고? 그러면 까마득히 모르실 수도 있다는 말 아니냐?"

"시부모님이 모르시겠어요? 문 서방이 글공부 땜에 항상 같이 있기도 하지만, 중요하다면 중요한 말인데…"

"그렇기는 하다만…"

"아버지, 그러잖아도 낼 모래는 신평 댁 딸 정순이 혼례식이라면서요. 그러면 거기에 일손 도우시는 분들이 계실 텐데 그분들에게 먼저 인사드리고…"

되돌릴 수 없는 일이지만 나는 혼례식장을 망친 장본인이지 않은가. 때문에 친정에 가게 되면 동네 어른들에게 죄송했다는 인사를 드리고 싶었는데, 기회가 주어진 것이다. 이런 기회를 놓쳐서야 되겠는가. 만약 인사도 없이 다녀갔다는 소문이라도 나는 날엔, 나도 그렇지만 친정부모님 체면이 어떻게 되겠는가.

자식은 부모의 얼굴이다. 때문에 잘 보이면 누구의 아들딸, 버릇없으면 누구의 자식, 그럴 것은 예나 지금이나 같지 않을까. 어른들에게 하는 밝은 인사는 자기를 살리는 요건 중 첫째다. 살다 보면 어려움이 어찌 없겠는가. 얼마

든지 있을 수 있다.

그렇지만 어려움을 당했을 때 도움을 주고자 하는 맘을 가지는 건 누구겠는가. 자랑 같지만 나는 고향을 1년에 몇 번을 가든 집집을 돌기는 물론, 어른들에게는 작지만, 봉투로 인사를 드렸다. 물론 젊었을 적이지만 말이다. 동네 분들에게 인사드리던 그때의 인사가 공짜가 아니었음을 맛보고 있다. 나이 때문이기는 하지만 귀촌 생각도 해봤다. 귀촌이란 이삿짐만 싸면 다 되는 일이 아니지 않은가. 가족의 맘도 같아야 해서 귀촌 생각을 내려놓았다. 하지만 고향 분들은 나이 먹어서야 왔느냐고 말하지는 않을 것 같다. 전남 영광군 염산면 신옥 부락이 내 고향이다.

"아니, 이게 누구야! 기순이 아냐?"

마을 뒤편 조금 높은 지대에 살고, 아버지보다 두 살인가 덜 되신 권성순 친구의 아버지 권형민 아저씨가 깜짝 놀란다.

"이 양반이 실수를 하고 계시네. 기순이가 뭐요!"

아들만 넷을 두신 양춘식 아저씨는 바로 내뱉는다. 양춘식 아저씨는 남의 말에 참견을 잘하시는 분으로 오지랖이 넓다고나 할까. 그런 아저씨다. 그렇기는 해도 동네 분들로부터는 평판이 그리 나쁘지는 않다.

구수한 타령으로든 웃기는 말로든 어른들 모임 분위기를 살리는 아저씨이지 않은가. 그런 분이 "아니, 기순이 아니야?" 그렇게 말했다고 해서 양춘식 아저씨가 권형민 아저씨에게 핀잔을 주는 건 결코 아닐 것이다. 그동안 양춘식 아저씨가 기순이를 얼마나 예뻐했는가.

예쁘지만 기순이를 며느리로 삼기는 언감생심으로 군침만 삼켰었다. 그런 기순이의 인사가 너무도 반가워서 한 말이다.

한 동네에서 사돈 맺는 것을 오늘날에서도 싫어들 하겠지만, 옛날에는 어쩔 수 없는 경우 말고는 사돈을 맺지 않았다. 사돈집과 변소는 멀어야 한다는 철칙 때문이다. 친정부모로서는 시부모로부터 구박받는 딸이 보기 싫고, 시댁으로서는 말을 친정으로 물어 나른다는 의심 때문에 그랬던 것이다.

"기순이가 아니라 먹골 댁이에요."

아침상을 차리는 데 도와달라고 해서 왔지만, 아무 때나 불쑥불쑥 나서길 좋아하는 뺑덕어멈 말을 듣곤 송촌 댁이 말한다.

"오, 그렇지. 옛 식으로 이름을 부르면 안 되지. 그래 알겠어요."

담배쌈지를 꺼내 곰방대에 담배를 꼭꼭 집어넣더니 부싯돌 불로 담배를 피우면서 그런다. 시집을 갔으면 친정식구가 아니니, 아무개 댁으로 불러주어야 한다는 것을 어찌 모르고 그랬겠는가.

부싯돌 얘기가 나왔으니, 여기서 담뱃대와 부싯돌을 한번 살펴보자.

담뱃대는 권위의 상징으로, 우리 민족만 그런 게 아니었나 보다. 인천상륙작전을 성공시킨 영웅 맥아더 유엔 사령관 마도로스는 멋의 상징이기도 했다. 우리 민족의 담뱃대는 긴 것은 양반들의 장죽이고, 짧은 것은 주로 상민들의 곰방대다. 그런 장죽을 선교하고자 마을을 방문한 선교사에게 대접하기도 했단다.

그리고 부싯돌은 서양에서 성냥이 들어오기 전까지 사용했다. 그런 부싯돌을 유엔군들은 너무도 신기해서 괜찮은 라이터와 바꾸기도 했다. 물론 6·25 전쟁에서 살아남은 유엔군들이었다. 인천 계양산에서 생산된 부싯돌이 불이 잘 일어나, 농한기에는 부업으로 이 부싯돌을 서울로 가지고 가 "계양산 부싯돌 사려!" 외치며 팔았다고 전해진다.

신부가 족두리를 벗어 내던진 것은 듣도 보도 못한, 있을 수 없는 일. 기순이는 혼례식을 망쳤다는 생각만 하다가, 밝은 표정으로 "아저씨, 저 왔어요." 인사를 한다. 너무도 반가워 그랬을 것이다.

"그렇구먼, 우리 동네 이름이 먹골이니까 먹골 댁이라고 부르는 게 맞구먼."

양춘식 아저씨도 반가워서 한 말이다. 그렇다. 무슨 댁이라고 하기는 항상 친정동네 이름을 따서 부르지 않는가.

그동안 불렀던 이름은 혼인 전까지의 이름일 뿐이다. 이렇게 부르게 된 것도 잘못 알고 하는 말인지는 몰라도, 글깨나 읽었다는 양반들의 유교적 산물이지 않을까. 시대가 바뀐 탓이겠지만 오늘날은 나이 먹은 입장들조차도 "족보는 무슨 족보야." 그래서 족보라는 말을 듣기도 어렵게 되었다. 하지만 여자는 족보에도 이름이 아니라 본(本)만 따, 밀양 박씨일 경우 '밀양 박씨'라고만 불렀다. 그것을 나쁘다고 말할 수는 없겠지만 말이다.

어쨌거나 면전에서는 새로운 호칭으로 불러야겠지만, 진사 벼슬이면 진사님 댁이라고 하게 되는데, 남의 집이나 가정을 높여 부르는 말로 남의 아내를 대접하여 부르는 말이다. 주로 대등한 관계에게도, 아래 관계에게도 그렇게 부른다.

그래, 동네가 크다 보니 아이들까지 하면 쉰몇 명쯤 되게 왔는가 보다. 이렇게 온 분 중에 낼 모레 혼인할 길명순 집에서 뵌 분들도 있고, 미리 인사를 드려야 할 어른들은 어제 오후에 어머니와 함께 찾아뵀다.

"낼 아침은 우리 집에서 진지 드시게 오십시오."

동생들을 시켜 집집마다 이렇게 말씀을 드렸다. 동네 분들은 누구 생일인가 해서 왔지만, 나머지 분들은 아무것도 모르고 왔다. 그랬기에 기순이, 아니 먹골 댁 인사를 받으면서 깜짝 놀라는 눈치들이다.

너무 어려운 가정 말고는 생활이 웬만한 가정에서는 동네 분들에게 주는 아침 대접 상이 있는데, 대부분은 가족 중 생일을 기해서다. 와서 보니 그게 아니라, 기순이 시댁에서 가져온 음식을 먹자는 게 아닌가.

그렇지만 그냥일 줄 알았는데, 친정에 가지고 온 이바지가 엄청 많은 것 같다. 돼지고기만 해도 자그마치 스무 근이나 되는 데다, 날마다 알을 낳던 통닭 두 마리, 건넛마을 아저씨가 어제 잡았다는 낙지도 열세 마리, 조금씩이라도 나눠 드릴 만큼의 찹쌀 대두 한 말, 일반 쌀 대두 한 말, 이렇게 많은 양으로 만든 인절미와 절편, 청주 두 병, 집에서 담근 막걸리도 대두 한 통, 술안주 감으로 잘 숙성된 흑산도 홍어, 그것도 술 좋아하는 입맛들로서는 코가 시큰하게 잘 숙성된 홍어 세 근짜리 세 마리.

혼인 잔치 때는 상객 상을 준비하게 되는데, 그런 상도 아무나 하지 않는다. 잘하는 솜씨가 마을마다 있겠지만, 시댁 동네도 신평댁이 계셔서 그분 솜씨로 장만했다. 한 점으로도 한 입이 되게 홍어를 큼직큼직하게 썰고, 홍어회에 맞는 초고추장까지, 그동안의 경험으로 봐서 먹고 남을 만큼 넉넉하게 만들었음은 물론, 홍어 애탕(내장)도 끓여 먹으라고 귀퉁이도 건들지 않은 모양 그대로다.

홍어가 나왔으니 홍어 얘기 좀 해야겠다. 예나 지금이나 함흥냉면이니 춘천 막국수니 목포 세발낙지니 하는, 지방을 대표하는 먹을거리들이 있을 것이다. 흑산도에도 유명한 '홍탁'이라는 것이 있다. 잘 숙성된 흑산도 홍어, 말은 숙성된 홍어라고 하지만 사실상 썩은 홍어를 말한다. 썩은 홍어를 어떻게 먹겠는가. 내다 버려야지. 그렇지만 이상하게도 홍어만은 그렇지 않아 썩을수록 맛이 좋다.

험한 파도와 싸우면서 그물질하느라 고생고생했다는 생각에, 버리기는 너무 아까워 한번 먹어보자는 것이 지금의 삭힌 홍어가 되었다. 그런 홍어를 집집이 있는 탁주와 먹다 보니 홍탁이 된 것이다. 식품 영양학적으로나 입맛을 맞추기 위한 조리 법으로 찾아낸 것이 아니다.

시대가 변한 오늘날에도 그때 맛봤던 입맛들은 기억뿐이겠지만, '홍탁'이라는 이름은 그렇게 해서 지어진 것이다.

탁주는 일반 막걸리와는 달리 걸쭉하다. 막걸리는 장사 목적으로 양조장에서 담근 것을 말한다. 그러나 탁주는 그리도 힘든 곡괭이질, 삽질, 지게질하느라 배고픈 농민들로서는 사실상 간식인 셈으로 가정에서 담그는 술이다. 그런 탁주를 두고 농주라 했다. 그랬지만 '우리도 한번 잘살아보세' 하는 노래가 불리면서 식량을 아끼자는 차원의 국가적 정책으로 금지해버린 것이다.

그런 바람에 지금은 술 담그는 솜씨 명맥조차도 없어지고 말았다. 그렇게 된 것을 애주가들은 아쉬워해야 할지 모르겠으나, 때문에 지금은 실상은 없고 탁주라는 이름만 있다. 따지고 보면 지금의 홍탁은 그때의 '홍탁'이 아니라 그냥 홍어뿐이다. 그렇지만 요즘은 홍탁 삼합도 있다는 것 같다.

홍어 지식까지는 필요 없겠지만, 홍어로 유명해진 흑산도를 수십만 관광객들이 찾는다는데, 여기에는 시대적 술로 폼 잡는 화이트칼라 부류들도 있을 것이 아닌가. 그런 부류들은 탁주를 촌사람들이나 마시는 술로 여길지 모른다. 홍탁까지는 아니어도 흑산도 홍어가 유명하다 보니, 홍어 입맛 찾는 객들이 날로 늘어 공급이 턱없이 부족한가 보다. 그러면 홍어를 맛보고 싶은 입맛들을 위해 많이 잡히면 좋겠지만, 그러지 않다 보니 홍어님 몸값은 천정부지라고 한다.

흑산도 홍어가 이렇게 비싸다 보니 흔하게 먹어야 할 현지인들 가운데는 돈 때문에 홍어를 먹지 말자는 캠페인도 있었단다. 아무튼 홍어는 탁주와 혼합해 먹어야 제맛이다. 양반 체면들로서는 현대는 배로 먹는 시대가 아니라 눈으로 먹는 시대라, 촌스럽기도 해서 여러 사람이 함께한 자리에서는 서로 눈치를 보며 먹는지도 모르겠다. 그렇지만 홍탁에 익숙한 입맛들은 너무 큰가 싶은 홍어를 초고추장을 듬뿍 묻혀 입에 넣고 몇 번 씹어 단물만 조금 빨아먹고, 탁주 한 사발이 따라질 때까지 왼쪽 볼떼기에 저장해둔다. 그렇게 해서 초대받아 대접받으면 그날은 내 생일쯤으로 여긴다.

친정집 나들이 전날부터 맘먹은 계획된 일이지만, 시부모께서 정성 들여 만든 음식을 아침상으로 대접하면서 사죄의 말씀을 드린다.

"어르신들! 어르신들께서는 그리도 예뻐해 주시던 저 기순이에요. 머리를 올려서 천방지축으로 뛰놀던 옛날 기순이로 안 보이실지 모르겠지만… 아무튼 바쁘실 텐데 잘 차린 상도 못 되면서 이렇게 오시라고 해서 어떻게 생각하실지 모르겠어요. 그래도 밥은 친정집 쌀로 지었고요. 반찬은 잘못된 혼례식으로 동네 분들에게 사죄를 드리겠다는 맘으로 시어른이 만드신 것입니다. 그래서 맛은 어떨지 몰라도 많이 드십시오. 어르신들에게 이런 얘기까지 해드리라고 시어른이 말씀하셔서 제가 전해드리는 것이니, 그런 줄 알고 어르신들께서 이해해주시면 감사하겠습니다.

아니, 아침상인데 그러면 제가 새벽에 온 것도 아닐 테고, 어르신들께서는 '이게 어떻게 된 거야?' 하고 놀라실지 모르겠는데, 놀라지는 마십시오. 저는 어제와 친정집에서 하룻밤을 보냈습니다. 이렇게는 시어른들에게 말씀을 드려 허락하셨지만, 새파란 아낙이 친정집에서 밤을 보낸다는 것은 지금까지도 없었던 일 아닌가요. 그러기 때문에 아버지 어머니께서 어렵게 허락하신 일입니다.

보시는 대로 여기 낯선 이 두 분은 시댁에서 일하시는 아저씨들이고요, 이쪽은 시동생 도련님인데 이렇게 같이 왔습니다. 이런 말씀까지 드려도 될지 모르겠지만, 따지고 보면 잘못을 한 시어른들께서 직접 오셔서 사죄의 인사를 드려야 옳을 것이나, 그렇게는 쉽지 않을 것 같아 기순이 저를 대신 보낸다고 그리 말씀하셨습니다.

그래요, 친정집에서 밤을 새워도 된다고 시어른들이 허락하셨다 해도, 친정집에서 밤을 새운다는 것은 전쟁 통에 붙잡히면 죽을 수도 있어, 말도 안 된다는 것을 제가 어찌 모르겠습니까. 갓 시집을 간 아낙이라 아직 어리지만 그런 정도는 잘 알고 있습니다.

이렇게 말씀을 드리는 것은, 혼례식을 망친 것은 있을 수 없는 잘못으로, 그때의 잘못을 어르신들에게 용서의 인사를 드려야만 할 것 같아 친정 부모님께 말씀드려 밤을 새운 것입니다. 그러니 어른들께서는 오해 없으시길 바랍니다.

물론 '그러면 어쩌겠니?' 아버지께서 그렇게 말씀하시지는 않았습니다.

'신부로서 족두리를 벗어 내팽개친 행동은 집안을 망칠 수도 있는 일이다. 네 생각이 영 그렇다면 나쁜 일이 아니야.' 하며 고민고민 끝에 허락을 해주셔서 이렇게 친정집에서 밤을 샌 것입니다.

제가 저지른 지난 일을 말씀드리자니 부끄럽고 죄송한 짓이지만, 혼례식 날에 있었던 저의 잘못을 어르신들에게 용서를 빌지 않고는 맘이 평생 편치 않을 것 같아, 이렇게 인사를 드리는 것입니다. 그러니 어르신들께서는 용서해주십시오. 아버지께서는 제 잘못된 행동 때문에 동네 분들 보기에 부끄럽고 미안해서 지금까지도 밖에도 나다닐 수가 없다고 하셨습니다. 그 말씀을 들으니 딸로서 그때 있었던 일이 얼마나 죄송한지 모릅니다.

어르신들! 부탁드릴게요. 아버지께서는 지금까지도 동네 분들을 뵙기가 어렵다고 하시는 것 같은데, 이제부터는 그러지 않도록 우리 부모님의 맘을 붙잡아주십시오.

시어른께서는 저에게 친정이 너무 멀어서는 안 된다고 말씀하셔서, 제가 친정집에 자주 오게 될지도 모르겠습니다. 어쨌든 친정부모님이 제가 천방지축으로 뛰놀던 때의 생활 모습이었으면 좋겠습니다.

그래요, 생각해보면 저의 잘못은 멍석몰이(멍석몰이는 남자만 한다)를 당해도 할 말이 없겠지요. '네 신랑은 장애인이니 그리 알 거라.' 아버지께서는 그런 말씀도 없으셨습니다. 그랬기에 건강한 신랑인 줄로만 알았다가 잘 걷지 못하는 장애인인 줄 알고는, 저런 장애인과는 살 수 없겠다는 생각에서 족두리를 벗어 내던지는 미운 짓을 했고, 바보 같은 일이지만 가마를 타고서도 도망칠 궁리만 했습니다.

그랬지만 혼인을 했으니 도망칠 수는 없어 생각이나 고쳐먹자 그랬을 뿐인데, 시어른들께서는 얼마나 잘해주시는지 몰라요. 부담스럽기까지 합니다.

어르신들! 제가 무슨 말을 하고 있는지 어르신들께서는 아시겠지요? 그러니 저의 잘못을 너무 나무라지만 마시고 지켜봐 주십시오. 저는 앞으로 보란 듯이 잘살 것입니다. 느닷없이 와서 이렇게 말씀드리는 것은, 이런 기회가 다시는 없을 것 같고, 언제 또 뵐지도 몰라서입니다. 어른들께서는 아프지들 마시고 항상 건강하셔서 복 많이 받으십시오. 감사합니다."

동네 분들에 이렇게라도 사죄의 인사를 드려야 할 것 같아 맘먹은 대로 인사를 드렸지만, 어떻게들 생각할지는 모르겠다. 시댁에서 가져온 음식은 맛있게 드시는 것 같아 다행이지만 말이다.

말씀만 드려도 잘못이라 하진 않겠지만, 맛있는 음식을 대접하면서 드리는 말씀은 그 효과가 배가 되지 않을까. 어쨌든 먹골 댁을 친정에 다녀오도록 한 것은 시부모의 파격 사례다. 누구도 맛보지 못했을 것 같은 친정 나들이…. 그렇다는 것을 시어머니가 전전날 말씀해주셔서 알고는 있었지만 말이다.

시어른의 편지

사돈, 사돈께서는 누구보다 귀엽게 키우신 딸을 사기꾼 같은 집안에 시집보내게 되었다는 생각 때문에 맘고생 그동안 얼마나 크셨습니까. 그것을 제가 어찌 모르겠습니까. 압니다. 알지만 장애인이라 장가도 보내지 못할 것 같아 생각해낸다는 것이 말도 안 되게 사돈 양위분을 속인 것입니다. 이런 잘못된 짓을 했다는 말을 사돈께서는 듣도 보도 못하셨을 겁니다. 있을 수도 없고 있어서도 안 되는, 인간으로서는 말도 안 되는 큰일이죠. 그래서 사돈 양위분을 당장 찾아가 엎드려 사죄를 드리고 싶지만, 우선은 이렇게만 사죄의 인사드립니다. 그러니 저의 잘못된 행위를 사돈의 넓으신 맘으로 헤아려주시면 감사하겠습니다.

사돈께서는 중매쟁이의 소개로 어떻게 생긴 사윗감인지 보러 오셨지요. 보신 대로 저는 한학을 가르치는 훈장 입장입니다. 훈장은 한학만 가르치는 게 아니라 인간으로서 어떻게 살아야 하는지도 가르쳐야 할 겁니다. 곧 인간으로서의 윤리 말입니다.

윤리를 배우는 사람이야 못 지키면 그만이겠지만, 가르치는 입장은 달라야 할 것은 말할 필요조차도 없을 것입니다. 이런 당연함을 몸소 보여 주기보다는 인간으로서 해서는 안 되는, 있을 수 없는 행위를 소위 훈장 이라는 사람이 저질렀습니다. 이건 생활에서 필요로 하는 무슨 물건도 아 니고, 사람을 가지고 장난친 것이라고 생각하니 저의 잘못을 말씀드리기 조차도 부끄럽고 두렵습니다. 정말 죄송합니다.

사돈, 사돈은 지금도 싫으시겠지만, 이 일은 되돌릴 수가 없게 되었습 니다. 그러니 이제는 노여움을 푸시라고 말씀드리고 싶습니다. 이렇게 말 씀드리자니 양심상 부끄럽지만, 제 잘못을 용서해주셨으면 해서 드리는 말씀입니다.

그래요, 용서라는 말을 하기에도 입이 잘 떨어지지 않습니다. 사돈께서 는 따님을 사기꾼 같은 집안으로 시집보낸 것이 동네 분들에, 지인들에게 얼굴을 들 수도 없을 만큼 창피하고 부끄럽다는 생각에 얼마나 억울하실 까, 그런 짐작만은 하게 됩니다.

사돈, 사돈 양위분께서야 그러실지라도, 저의 가정으로서는 살맛 납니 다. 며느리가 얼마나 예쁘게 잘하는지, 우리 집에 업(복)이 들어왔다고 동 네 분들도 그런 말을 하는 것 같습니다. 소아마비 장애인 아들 때문에 그 동안 우울했던 우리 가정을 며느리가 웃음의 가정으로 바꿔놨습니다. 이 얼마나 대단한 일입니까.
그 무엇으로도 누구도 해낼 수 없는 일을 며느리는 해낸 것입니다. 제 가 앞으로 산다면 얼마나 더 살지 몰라도 지금 죽어도 한이 없을 것 같습 니다. 사돈 기분 좋아지라고 드리는 말씀은 결코 아닙니다.

사돈께서도 아시는 대로 장애자 자식이 있으면 남들은 그것을 그대로 봐주는 게 아니라, 병신이라는 듣기 불편한 딱지까지 붙여 말하기도 합니다. 때문에 자식이지만 누가 보기라도 할까 봐 방 안에 가둬놓다시피 하지 않습니까.

물론 아버지가 훈장이라 글공부를 시키는 중입니다. 장애인이라 앞으로 살아가려면 다른 일은 못 해도 훈장 노릇은 하겠다 싶어 훈장 연습을 시킨다고 할까요. 훈장 연습이라고 해봐야 별것 있겠습니까. 글공부를 많이 하게 하는 것뿐이지요. 이런 어려움까지도 며느리가 다 해결해준 것입니다.

"여보, 장애는 당신의 잘못이 아니잖아요. 그러니 창피하게 생각하지 말고 당당하세요. 당신 아내가 괜찮다면 괜찮은 거 아니에요. 나는 누구한테든 말할 거에요. 정신장애가 흉이지 지체장애가 흉이겠냐고 말이에요."

며느리가 이렇게 말했다는 아들의 말을 듣고, 이게 무슨 소리야, 어디서도 듣지 못한 말이라 너무도 감격스러워 나이 먹은 시아비 체면이지만 눈물이 다 났습니다.

그래, 너는 며느리이기는 해도 이 시 아비가 되레 모셔야 할 스승인 것 같다. 동네에서는 훈장이고 집안에서는 시아버지이지만, 네 앞에서는 말도 조심해야 할 것 같다. 무섭다, 정말⋯. 대놓고는 말 못 했지만, 생각만은 그렇습니다.

사돈, 좋아서 하는 말이지만, 세상에 이런 며느리 있으면 한 번 데리고 와보라고 말하고 싶은 지금의 기분입니다. 이런 기분이기까지는 며느리가 타고난 품성도 있겠지만, 사돈께서 그렇게 살라고 가르침을 주셨기에 나타난 결과라고 저는 생각합니다.

　생각처럼 잘될지는 몰라도, 이렇게라도 며느리가 친정집 길을 텄으니 자주 보내드릴 생각입니다. 집안에 할 일이 아무리 바빠도 며느리가 친정집이 멀어서야 되겠느냐는 생각을 가지고 훈장 노릇도 하게 됩니다.

　옛것은 조상들이 물려주신 유산이니 그대로만 지켜야 한다는 생각을 사돈께서도 하지 않으시는 줄로 압니다. 이런 말을 제가 하기는 조심스럽지만, 족두리를 벗어 내던진 신부를 보면서도 부모로서 불같은 야단을 치시는 것이 아니라, 미안해만 하시는 것 같더라는 말을 혼례식에 상객으로 다녀온 인척들에게서 들었기 때문입니다.

　사돈, 시집간 딸을 두고는 대다수 부모는 출가외인이라고 하는 것 같습니다. 물론 시집을 갔으니 이제부터는 시집 식구라는 생각에서 나온 말일 것입니다. 그렇지만 시집간 딸이라고 해서 그렇게만 봐서는 안 된다고 저는 생각합니다. 부자지간, 모자지간만 중요한 게 아니라, 부녀지간, 모녀지간도 마찬가지로 중요하다고 보기 때문입니다.

　며느리에게서 들었는데 사돈께서는 딸도 공부해야 한다고 가르쳤다면서요. 그러면 다른 사람을 가르치는 훈장의 입장으로서 내 식구인 며느리를 가정주부로만 살게 해서야 되겠느냐는 생각입니다. 그리 많지 않은 삶을 가족에게 남김도 없이 떠나서는 안 된다는 생각이 듭니다. 이런 생각도 며느리의 밝은 표정을 보고서부터입니다.

　그렇게 보면 입은 시 아비지만, 참삶을 보여주기는 며느리가 아닌가 합니다. 사돈께서도 그러실 줄로 알지만, 늙으면 누구를 의지하겠습니까. 며느리가 아닐까요.

시대가 바뀌었는지는 몰라도 시부모와 며느리는 전생에 원수였다가 혼인이라는 이름으로 만나게 된 걸까. 서로 얼굴 마주치는 것조차도 부담스러워한다는 말을 들을 땐 정말 아니다 싶다. 사회가 변한 시대에서 그것을 전혀 이해 못 할 일은 아니나, 며느리는 젊고 깨끗한 데 반해 시부모는 늙어 지저분할 것이다. 어디 그뿐인가.

현대사회에서 고리타분한 구닥다리 소리나 늘어놓는다면, 어느 며느리가 좋아하겠는가. 거기에다 건강만이라도 괜찮아야겠지만, 나이를 먹었으니 병원은 화장실 들락거리듯 할 테고, 거기에다 약봉지는 들고 살 것인데, 병원비, 약값은 누가 다 감당할 것인가. 많지도 않은 수입을 시부모가 병원비라는 이유로 야금야금 갉아먹는다면 나는 어떻게 살라고. 아이고. 목숨은 길어서 돌아가시지도 않고 이 일을 다 어떻게 할까나 걱정스러운 눈빛으로 시부모를 쳐다보지는 않을까? 지나친 상상일지 몰라도 그런 생각이 든다.

'혼인은 무슨, 머리 아프게' 하는 생각으로 홀로 살 거면 몰라도, 그렇지 않다면 그대들도 해당하는 일이 아닌가. 나이를 먹는 것도 억울한데 자식들로부터 폭행을 당한다는 보도는 정말 아니다. 이것을 바로잡는 것은 친정부모의 몫일 테지만, 어찌 된 노릇인지 딸이 잘해주는 것을 좋아하다니 친정부모로서 가장 듣기 좋은 말은 내 딸이 시댁에서 잘하고 산다는 소식이 아닐까. 시부모에게 잘하는 것은 공짜가 아니다. 며느리가 잘하면 고마운 맘이 어디로 가겠는가.

"사돈, 나이를 먹다 보니 사돈과 해외여행을 한번 하고 싶은데 괜찮을까요? 괜찮으시다면 다음 달 중순경으로 날짜를 잡아보고 싶은데 그래도 괜찮을까요?" 친정부모 용돈도 딸이 드리는 게 아니라 사위가 드리곤 한다. 그걸 누군들 모를까마는 자라난 자식들은 부모로부터 배우고 자란다는 것을 무시해버리는 것 같아 하는 말이다.

이 글을 쓰는 입장인 내게도 시집간 두 딸이 있다. 그래서 신경 쓰이는 것은 어쩔 수 없다. 그래서 친정에는 신경 쓰지 말고 시부모님께 잘하라고 해서인지는 몰라도, "누가 시어머니인지, 누가 친정어머니인지 잘 모르겠습니다." 하고 딸 시어머니가 말하곤 한다. 자랑 같지만 부모는 자식들의 모델이다.

사돈, 경사 소식 전할게요. 며느리가 수태를 했는가 보네요. 태어날 녀석은 여식일지 사내일지 알 수 없으나, 손주가 태어날 날만 손꼽아 기다리는 중입니다. 그래서인지 저는 벌써 흥분됩니다. 물론 제 처도 그렇고요.
그래요, 친정 부모님 맘은 딸이 시집을 갔으면 그 집안 대를 이을 후손을 낳아야 한다고 해서 귀를 열어놓고, 아들이기를 기다리는 것은 어쩔 수 없는 일일지 모르겠습니다. 저 역시도 제 여식이 시집갔을 때 그랬으니까요. 그렇지만 저는 아들을 낳아주기만을 바라지 않습니다. 그런 문제로 걱정은 마시라고 사돈께 드리는 말씀은 결코 아닙니다.

지금의 아들이 태어났을 때 저는 아들 낳았다고 자랑자랑 많이도 했고, 돌잔치도 거하게 했습니다. 그랬는데 소아마비 장애인이 되고 말아 그동안 얼마나 힘들었는지 모릅니다. 그런 아픈 맘 때문에 장가를 보내게 될 때는 앞이 보이질 않았습니다. 저의 잘못도 이 때문이었고요,
이렇게 힘든 맘을 천지신명께서 안타깝게 보셨는지, 조상님께서 돌봐주셨는지는 모르겠으나, 따님을 저의 집 평화의 사자로 보내주셨는가 싶기도 합니다.
때문에 그동안의 힘든 제 맘이 이제는 다 풀렸습니다. 장애아들을 그 무엇으로도 고쳐 줄 수도 없어 안타깝지만, 평생 짊어지고 살아야 할 무거운 짐이었는데, 며느리가 내려놓게 한 것입니다. 물론 사돈 양위분에게

는 죄송하기는 해도 말입니다.

사돈, 저는 훈장 입장이라서 그런지 미래를 내다보고 싶어집니다. 미래를 보고 싶어지기는 며느리를 보고부터입니다. 앞으로 머잖아 여자도 남자를 능가하는 인물이 나올 것으로 전망해봅니다. 높은 갓 쓰고 도도하게 살아가는 양반들이야 싫을지 몰라도, 세상이 바뀔 것은 분명해 보입니다. 걸어서 이삼일이면 갈 수 있는 김제 금산에는 선교사가 예수교당을 세웠다고 합니다. 이것은 새로운 세상이 되고 있다는 말이 아닐까요.

그래요, 우리는 조상들이 일구어놓은 전통을 지켜야 할 당연한 배달민족입니다. 그렇지만 삶에 있어서 그만한 가치가 못 된다면 무너질 수밖에 더 있겠습니까. 서양 문물을 아직 접해보지 못해서 그것이 무엇인지는 아직 모르겠으나, 새로운 것임은 틀림없어 보입니다. 우리 조선인들이 좋아하지 않아도 서양 문물은 밀물처럼 밀려오리라는 짐작입니다.

그러잖아도 선교사들이 우리나라에 들어와 배재학당과 이화학당을 세웠다는 말을 듣고 있습니다. 그런 말을 듣고만 있기에는 너무도 궁금합니다. 거기서 공부는 못 해도 어떻게 생긴 학교인지 구경이나 한번 해보고 싶은데, 사돈, 우리 언제 기회를 한번 만들면 어떨까요. 시간이 되실지 모르겠지만, 시간 되시면 연락 한번 주십시오. 아무 때고 좋습니다. 소식 기다리겠습니다. 소식을 기다린다는 말도 사돈지간에 어려운 말이기는 하지만, 친인척 이상의 관계일 수도 있다고 저는 생각해서 드리는 말씀입니다.

물론 그런 학교는 기독교를 전파하기 위함이겠지만, 그런 곳에서 공부하고 싶은 사람이 날로 늘어날 것인데, 여기에는 남학생들만이겠습니까. 배재학당은 남학생들로 채워질 테고 이화학당은 여자 학생들로 채워질 텐데, 그것을 알고만 있어서는 아무것도 아니라는 생각이 듭니다. 며느리가 보입니다. 그래서 장애 아들 때문에 평생 우울할 수밖에 없던 저의 가정을 평화의 가정으로 바꿔준 며느리에게 고맙다는 보답 차원에서라도 그런 학교에 보내주고 싶습니다. 아니, 태어날 후손들을 위해서도요.

그런 곳에서 공부하고 싶다 해도 학비라는 뒷받침이 있어야 하는데, 넉넉지는 못해도 그만한 여력은 됩니다.

그러나 태어날 손주들이 성장할 때까지는 양육 문제가 있지요. 그것이 문제라면 문제일 것 같아, 그런 문제까지도 며느리에게 한번 물어보겠습니다. 한학을 가르치는 훈장이지만 어디서도 들어보지 못한 여자도 공부해야 지혜가 생기고, 지혜가 떠올라야 평화로운 가정을 만들 수 있다는 귀한 말을 며느리가 하더라는 말을 들었습니다. 그래서 시아비요, 훈장이지만, 며느리 말을 듣고만 있어서는 안 된다고 생각됩니다.

말씀드린 대로 태어날 후손들을 위해서도 며느리를 공부시켜야 할 것 같습니다. 아니, 꼭 그렇게 할 겁니다.

그리고 별것도 아니지만, 음식을 보내드렸는데, 이 음식은 동네 분들에게 사죄의 의미로 보내드린 음식이니 사돈께서 제 대신 대접해주시면 감사하겠습니다.

사돈, 가까운 날에 사돈 양위분을 찾아뵐 생각입니다. 물론 사돈이 괜찮은 날, 그때 찾아뵈면 전날 얘기, 내일의 얘기를 시간이 모자라게 나누게 되겠지요. 하지만 우선은 이렇게만 인사드리겠습니다. 아무튼 찾아뵙는 그날까지 안녕히 계십시오. 사부인께서도 안녕히 계십시오. 고맙습니다.

친정아버지의 답신

　사돈의 편지를 보니 억울하고 분했던 그동안의 제 맘이 조금은 풀리는 것 같습니다. 사돈의 생각을 읽기 전까지는 훈장이시라는 분이 세상에 그럴 수가 있을까 하고 원망 많이 했습니다. 죄송합니다만, 솔직히 괘씸하다는 생각까지도 했습니다.

　그렇습니다. 제 딸애가 족두리를 벗어 내던진 짓은 있을 수도 없는 짓으로, 그동안 듣도 보도 못한 황당한 일입니다. 그것도 다른 집도 아니고 저의 집에서 벌어진 일이라, 하객들 보기도 창피해 보고만 있을 수 없어, 쥐구멍이라도 있으면 거기에 숨어버리고 싶었습니다.

　이렇게 잘못된 원인이 족두리를 벗어 내던진 신부의 잘못이라고 말하는 것은 부모인 제가 바보짓을 했다는 생각이 들어 그랬습니다. 아버지라고 하는 사람이 이 정도밖에 안 되는가 해서 얼마나 부끄러웠는지 모릅니다. 혼례식 진행자도 있을 수 없는 황당한 일이 벌어져 어찌할 바를 몰라 쩔쩔매다가 결국 혼례식을 치르긴 했지만, 어떻게 치렀는지도 저는 안 봤습니다.

혼례식 다음 순서는 무엇입니까? 혼례식을 마친 신랑은 다음 순서로 신붓집 가족들과 첫인사를 나누는 것이 아닙니까. 때문에 하루 이상을 묵어야 할 거고 말입니다, 그렇지만 상황이 상황인지라 가마를 태워버렸습니다. 가마를 태운 것도 친정아버지인 제가 말해서가 아닙니다. 혼례식에 참석한 여러분들의 판단 때문에 가마를 태운 것입니다.

시집가는 딸 가마를 보면서 '시집에 가서 잘살기나 해라.' 서운하지만 친정아버지로서 마지막 손짓도 해야 하는 건데, 그마저도 못했습니다. 잠깐이기는 해도 꿈에도 생각 못 할 일이라 신부 아비로서 너무도 미안하고 창피해서, 혼례식이 끝날 때까지 뒷마당에 가 있었기 때문입니다. 제가 뒤뜰에 가 있는 줄을 안 제 아내의 맘은 어땠을지 사돈 상상에 맡기겠습니다만, 그랬습니다.

우리 동네는 103호나 되는 대체로 큰 동네입니다. 그래서 사돈 동네도 그렇겠지만, 어느 집 혼인 잔치든 음식도 먹으면서 춤도 추고 그런 축제 분위기가 아닙니까. 이렇게 흥겨워야 할 혼인 잔치를 신부가 초상집처럼 만들어버렸으니 친정 아비 된 제 심정은 정말 죽을 맛이었습니다. 혼인 잔칫집이 아니라 초상집처럼 되어버렸다 해도, 하객들에게 음식 대접만은 해야 해서 상을 내놓았습니다.

그렇게 상을 내놨지만, 하객들이 음식이나 드셨겠습니까. 아무리 맛있는 음식이라도 분위기가 어떠냐에 따라 맛이 있고 없고가 다르지 않습니까. 그렇게 잘 장만한 음식은 아니나 정성껏 만든 음식을 내놨지만 달게나 먹었겠는가. 미안한 맘이 지금까지 있습니다.

세상을 살다 보면 전혀 예상 못 한 일들이 어찌 없겠습니까. 그렇다 하더라도 혼례식에서 신부 족두리를 벗어 내던지고 도망쳐버리는 행동은 전에도 없었겠지만, 앞으로는 제 여식이 마지막일 것입니다. 모르기는 해도 말입니다.

아무튼 있을 수 없는 황당한 일이라는 생각에 얼마나 창피하던지, 밤잠도 제대로 못 잤습니다. 잠을 못 자다 보니 입맛도 떨어져 밥상을 그냥 물리곤 했지요. 그랬더니 아내는 이러다가 큰일 나겠다 싶었는지, "여보, 이런 일도 액땜으로 생각해버립시다." 하며 달래서 억지로 밥을 먹기는 하고 있습니다. 밥을 안 먹으면 죽을 수도 있어 억지로라도 밥은 먹고 있으나, 밖으로는 나갈 수가 없어 아이들 심부름으로는 안 될 일 말고는 누구와 만나지도 않고 집에만 있었습니다.

"기순이 아버지가 얼굴만 번드르르하지 바보 멍청이구먼."
뒤통수에다 눈총을 겨누지나 않을까 해서요. 이렇게 어둡게 지내고 있는데, 생각지도 않게 제 여식을 친정에 다니러 오게 해주시고, 제 여식이 웃어주어 그동안의 창피한 맘 다소 풀리기는 했습니다만, 아직도 속말을 나눌 수 있는 이웃집만 가곤 그래집니다.

사돈! 사돈 앞에서 긴 얘기는 이 나이에 어울리지 않는 넋두리 같아 조심스럽지만, 제 여식은 딸 중에 좀 다른 아이였다고 할까요. 우리 동네는 대체로 큰 동네라 아이들도 그만큼 많습니다. 그런 아이 중에서도 대장 노릇까지 하려 드는 아이였습니다. 성격이 사내 같다고나 할까요. 차분하지 못한 아이였으나 다행히도 말썽만은 부리지 않아 두고만 보고, 문제가 있어 보일 때만 그러면 안 된다고 고쳐주곤 했습니다.
천방지축으로 뛰놀아도 제재하지 않은 것은 교육 차원이 아니라, 그냥 귀엽다는 생각만으로 내버려두다시피 놔둔 것이지요. 그것이 지금에 와서 생각해보니 잘못만은 아닌 것 같습니다. 낳아 기른 친정 아비로서 바른길로 가게 엄격히 교육하는 것이 어찌 중요하지 않겠습니까. 중요하겠지요.

그렇지만 엄격을 중시하다 보면 제재가 가해지고. 그러다 보면 한참 발랄해야 할 아이가 그렇지 못할 수도 있지 않을까 싶습니다.

아이들 가르침이 그래야 할지는 지식이 없어, 천성인지는 몰라도 그냥 놔두었던 것 같습니다. 그것이 아이를 잘 키우는 데 장점일 수는 없겠으나, 아이를 너무 옥죄다시피 키워서는 안 된다는 생각입니다. 지금 생각이지만 제 여식을 너무 풀어놓은 것이 족두리를 벗어 던지는 짓을 하게 했나 뒤돌아봐지기는 해도.

그렇긴 해도 사돈, 사돈께서는 면장도 찾아뵙는 훌륭한 훈장님이심을 듣고 있습니다. 그러기에 이렇게 훌륭하신 훈장님 집안으로 시집보내는 것을 바라던 중이었는데, 마침 중신할미가 저를 찾아와 얘기했고, 사윗감은 어떤지 직접 찾아가 봤고, 혼인날을 택했고, 친인척에게 소식도 전했고, 준비할 것도 없지만, 혼례 준비도 했습니다.

동네 분들은 혼례식 며칠 전부터 제 집에서 북적거렸고, 제 아내는 신부로서의 행동을 어떻게 해야 하는지, 실수라도 할까 봐 신신부탁했을 테고. 저 역시 혼례식에 차질이 있어서는 안 되겠기에 준비를 철저히 하느라 신경도 그만큼 썼습니다.

그렇게까지 하고 신랑을 기다리고 있는데 이게 어떻게 된 일입니까. 신랑은 통상적으로 마상에서 "저 장가왔습니다." 그러기 전 함진아비 일행이 "주인장은 나오셔서 신랑 함을 받으시오~!" 하지요(1950년대 혼례식). 그러면 신부 아버지는 함을 받으러 가서 "예, 안녕하세요. 함 짊어지고 오시느라 고생 많았소." 하고 함을 받으려고 하면, "신부 아버지만 아니라 신부 어머니도 같이 나와 받으시오!" 하지요.

그렇게 해서 나오면 "아버지가 어머니 손을 잡으시오!" 합니다.

사람들 앞이 아니라도 부부간 손을 붙잡아본 일이 없어 쩔쩔매다가 하는 수 없다는 듯 손을 붙잡으면, "이제부터 두 분이 춤을 덩실덩실 추시오!" 하지요. 춤까지는 너무 어렵다는 표정이면 "춤을 안 추시면 함을 드릴 수가 없어 그냥 가겠습니다. 그래도 괜찮겠습니까?" 합니다. 혼례식장은 이렇게 웃기는 몸짓이어야 하고, 곧이어 신랑은 호마를 타고 와서 "신랑 문기종이가 배 씨 집안 넷째 따님과 혼인하고자 먼 데서 예까지 버선발로 와서 보니 소문대로 훌륭하신 집안입니다." 하지요.

혼례식이 이럴 줄 알고 있었는데, 신랑은 가마를 타고 왔고, 장정에 의해 내리고, 지팡이를 짚는 게 아닙니까. 거기까지도 어쩌다 실수로 넘어져 다쳤나 보다 생각했는데, 그게 아니라 잘 걷지도 못하는 장애인이라니요. 그게 아닐 것으로 눈을 의심하기엔 친인척들은 물론 하객들조차 혼례식장 분위기가 꽁꽁 얼어붙어버렸습니다. 이 일이 너무도 황당해 혼례식을 취소할까도 생각했습니다.

그렇지만 취소할 수도 없는 혼례식이라 곧바로 진행은 못 하고, 혼례 진행자는 한참을 여기저기 눈치를 보더니 "혼례식을 진행하겠습니다." 하더군요. 혼례식 진행자가 신랑 절 순서는 빼고 "신부 출!" 하고, 그렇게 해서 신부는 두 여자의 부축으로 나옵니다. 약삭빠른 신부는 건강한 신랑이 아님을 알아차리고 신부 족두리를 벗어 내팽개치고 도망친 것입니다.

사돈, 그때의 제 심정이 어땠는지 상상이나 되십니까? 사돈께서도 듣도 보도 못한 일이 저의 집에서 벌어져, 축제 분위기여야 할 혼인 잔칫집이 젊은 자식이 죽어 슬픈 초상집도 아니고, 이거야 정말 울 수도 웃을 수도 없는 그런 분위기였습니다. 그랬지만 어쩌겠습니까. 도망친 신부를 억지로 끌어다가 혼례식 같지도 않은 혼례식을 치렀고, 혼례식을 치르자마자 곧바로 가마를 태우고 말았지요. 혼례식에 신경 쓰느라 아침도 못 먹었을 텐데, 점심도 못 먹이고 보냈어요.

들으셨겠지만, 상객 일행도 상객 대접이고 뭐고 그냥 가시겠다고 했고, 상객으로 따라가야 할 친척도 싫다 해서 하는 수 없이 인척들만 보냈습니다. 이렇게 된 것이 얼마나 속상하던지. 소리 나게는 못 울고 속으로는 많이 울었습니다.

아비 잘못으로 그렇게 된 여식에게 얼마나 미안한지, 속이 속이 아니었습니다. 잘못된 혼례지만 어쩌겠습니까.

그래, 시집에 가서는 잘살아야 할 텐데, 그렇지 않으면 앞으로 어떻게 살까? 그런 걱정 때문에 일손도 잘 안 잡혔습니다. 때문에 제 아내와의 분위기도 썰렁했음은 물론이고요. "당신은 아버지로서 선까지 보고 왔으면서 잘 걷지도 못하는 장애자인 줄도 몰랐냐?"라는 핀잔을 하고 눈치를 주기도 했지요.

그랬지만 사돈의 편지를 보니 맘이 놓입니다.

그래요. 삶에 있어 혼인보다 더 중요한 것이 있다면, 엉뚱한 생각 말고 맘 잡고 사는 것 아닐까요? 그래서 사돈에게 한 가지 부탁드리고 싶습니다. 그래도 괜찮을지 모르겠지만. 말씀 주신 대로 제 여식이 다행히도 더디지 않게 수태를 했다니 반갑습니다.

그래요, "아들 손주가 아니라도 건강하게만 낳아라." 그리 말씀하셨다니 걱정은 덜 되기는 하나, 맘까지도 그러시겠는가. 해서 친정 아비로서 맘은 아들 손주이기를 바라게 됩니다.

태어날 손주가 어떤 녀석일지는 기다릴 뿐이지만, 아들 손주가 아니라도 너무 서운해 맙시다. 아들이냐 딸이냐는 사돈의 생각도 제 생각과 같으신 것 같아 다행이라 이렇게 말씀드립니다. 그래요, 아들딸 문제를 가름하기는 맘먹기에 따라 다르다고 생각합니다(후진국일수록 아들을 선호하게 된단다. 근력으로 벌어먹어야 하기 때문이라는 것 같다).

선교사들을 통해서 서양 문물이 들어오고 있어서 머잖아 세상은 바뀔 것입니다. 어떤 식으로 바뀔지는 몰라도….

그래요, 세상이 얼마나 빠르게 바뀔지는 몰라도, 인간사 대를 이을 아들 손주가 아직은 절대적일 수밖에 없을 것이나, 저는 생각이 좀 다르다고 할까요. 새로움에 두자는 주장입니다.

사돈께서는 훈장님이시라 이미 알고 계시겠지만, 서양 문물인 전깃불이 경복궁에 밝혀지고 있는 것 같습니다. 그런 전깃불을 무속인들은 귀신불이라며 조선이 망할 징조로 보는가 싶습니다. 이런 사실을 세상 돌아가는 얘기를 말해주지 않은 이상 양반집 노비(노는 남자, 비는 여자)로 살아가는 처지들은 알 길이 없겠지만, 어떤 경로로든 알게 되면 환영할 일이지 않을까요?

사회개혁의 깃발을 들려다가 사전에 들통 나는 바람에 실패하고 만 김옥균 같은 인물도 있지만, 민족의 인물로 보는 안창호 선생 얘깁니다. 안창호 선생은 새로움을 위해 서양 문물을 받아들여야 한다는 생각에 배재학당에 들어가 공부를 하고 싶었나 봅니다.

그렇지만 이상한 종교를 가지라고 강요당할까 봐 주저주저하다가 그래, 강제 종교는 아닐 테니 일단은 입학이나 해보자. 그렇게 해서 공부를 하게 되었고, 공부하다 보니 조국이란 무엇이며 일제로부터 강탈당한 조국을 되찾아야겠다는 생각, 인생이란. 죽음이란, 사후에는…?

하는 문제 등을 생각하다 결국은 기독교를 받아들였다고 합니다. 이런 말을 안창호 선생으로부터 직접은 못 들었고, 선교사들로부터는 들었습니다.

이 얘기를 제 여식이 왔기에 시어른들로부터 사랑받는다는 얘기 끝에 종교 얘기도 꺼냈습니다. 기독교를 믿는 문제에 있어는 아직 생각 중입니다만, 그렇습니다.

사돈, 사돈께서는 제 여식을 가정주부로만 살게 해서는 죄짓는 일일지도 몰라, 후손을 위해서도 공부를 시키겠다고 하셨습니다. 제 여식은 그런 말씀만으로도 얼마나 좋아하겠습니까. 친정 아비로서도 감사한 말씀입니다.

앞서 말씀드린 대로 시대가 바뀌고 있습니다. 물론 천지개벽처럼 하루아침에 바뀌지는 않겠지만, 기성세대인 우리도 옛 전통만 지켜서는 안 될 것 같습니다.

아무튼 별 가치 없는 얘기가 너무 길어졌는가 싶네요. 제 여식은 가사일을 제대로 못 가르쳤습니다. 그래서 미안합니다만, 다시 가르쳐주십시오. 제 여식은 얌전한 여자 성격보다는 사내 같은 성격을 지녔는지, 또래들을 몰고 다니는 천방지축입니다. 그래서 제 처는 "저 애가 저렇게만 해서는 시집가서 소박맞을지도 모르는데…" 하며 늘 걱정이었습니다.

그랬던 제 여식이 그냥 살아가는 보통 가정이 아닌 면장으로부터도 대접받으시는 훈장님 가정으로 시집을 갔으니 잘해야 할 텐데, 걱정입니다.

어떻든 바람뿐이지만 많은 사람으로부터도 칭찬받는다는 소식이면 좋겠습니다. 그런 여식을 낳아 시집보낸 친정 아비로서 시어른들에게 나라로부터 효부상 받을 정도까지는 아니어도, 칭찬받는 며느리라는 소식만은 듣게 살아달라고 일러두기는 했습니다.
사돈 양위분께서도 그러시겠지만, 시집간 여식이 시댁으로부터 칭찬을 받는다는 소식을 들으면 가슴 뿌듯한 것이 사실인 것 같습니다.
잘 가르치지는 못했어도 저는 그런 생각인데, 사부인께서도 예쁘게 봐주신다니 다행입니다. 그러면서도 제 남편 문 서방에게도 잘해야 할 텐데, 하는 염려가 됩니다.

참, 그리고 사돈 양위분에게 변명 같지만 재워 보낸 이유를 말씀드리겠습니다.

"아버지, 저 오늘 말고 낼 가면 안 될까요?"
오늘 못 가고 낼 가야 할 것 같다는 말을 쉽게 할 수가 없었는지 그렇게 발랄하던 모습은 어디로 가버리고 아버지, 불러놓고는 한참 뜸을 들였습니다. 그래서
"그게 무슨 소리야, 낼 가면 안 되겠냐고 하다니? 신부가 족두리를 벗어내던져 혼례식을 망친 것도 있을 수 없는 일인데, 그것도 모자라 새파란 아낙이 친정집에서 자고 가겠다니?" 있을 수 없는 일로 너무도 놀라 야단치자니 내 잘못도 있어서, 되묻기만 했지요. 그랬더니 제 여식은
"예, 아버지."

하고 단답으로 대답하네요.

"그게 무슨 소리야? 큰일 날 소리를 다 하고 있네. 네 정신이 혹 잘못된 게 아니냐. 말도 안 되게…"

사돈도 같은 생각이시겠지만, 집안을 망신시킬 작정이 아닌 이상 그러라고 하겠습니까. 그래서 안 된다고 단호하게 잘라 말했지요. 하지만 제 여식은…

"아버지 말씀이 맞아요. 당연히 말도 안 되죠."

"알면 그걸로 끝내자. 이 얘기를 누가 알기라도 하면 우리 집이 어떻게 되겠니. 망신당할 것은 물어볼 필요도 없을 것 아니냐."

남이 알기라도 하면 동네서도 못 살고 쫓겨날지도 모를 일이라는 생각 때문에 그랬지요.

"아버지, 그렇지만…"

"그렇지만 이라니…? 그러잖아도 혼례식 날 신부 족두리를 벗어 내던진 네 잘못된 소문이 몇십 리 밖까지 퍼졌을 텐데, 그것도 모자라 혼인한 지 몇 달도 안 된 새파란 아낙이 친정집에서 자고 가겠다고…?"

"아버지, 이런 문제는 새색시로서 있을 수 없는 일 같아 시 어르신께서 친정에 다녀오라고 말씀하신 날 밤부터 고민고민 끝에 문 서방에게 말했어요, 아버지."

"고민이고 뭐고 없다. 소문이라도 나는 날엔 이 아비는 사람대접 못 받을 수도 있다. 무슨 말을 하고 있는지 너는 알겠지?"

제 여식이 이렇게 고민했다는 말은 친정 부모로서 어떤 경우에서라도 보호를 해주어야겠지만, 새파란 아낙이 친정집에서 묵는다는 것은 너무도 어렵다는 생각이었습니다.

"아버지, 죄송해요. 어려운 말씀을 드려서. 그렇지만 혼례식을 망친 저

로서는 동네 어른들에게 사죄의 말씀을 드리지 않으면 안 될 것 같아서
요."

"그래, 네 말이 틀린 것은 아니나 그러라고 하기는 정말 어렵다."

이렇게 말하는 제 여식에 대해 사돈께서 제 처지에 놓였다면, 그러면
어쩔 수 없지 그래라, 안 할 수 있겠습니까. 친정 아비로서 맘이 흔들렸습
니다.

"동네 어른들에게 죄송했다는 인사도 빠를수록 좋을 것 같아서요."

"그렇기는 하다만 아버지 생각은 혼란스럽다."

"새삼스럽게 동네 어른들에게 사죄 인사드리러 언제 또 일부러 오겠어
요."

"그래, 그런 일로 일부러 오기는 쉽지 않겠지."

"이런 생각은 시댁을 나서기 전날 밤부터 했고. 문 서방과는 나눈 얘기
지만."

"그러면 그렇게 하겠다고 시어른들께 말씀을 드리기는 했고?"

"시어른들에게 말씀은 못 드렸어요. 너무도 큰일 같아서…."

"그러면 시어른들께서는 이 사실을 까마득히 모르고 계시겠네?"

"문 서방은 글공부 땜에 시어른과 글방에 늘 같이 있게 돼 말씀을 드렸
지, 그냥 있었겠어요?!"

"그렇기는 하다만, 어렵더라도 말씀을 드릴 걸 그랬다."

"이제야 생각이지만 안 된다고 그러실 시어른들이 아니신데 그랬어요."

"아무튼 네 생각이 틀리지는 않는다만, 소박맞을 수도 있어. 결코 작은
일이 아니다."

"아버지, 너무 걱정 안 하셔도 될 것 같아요."

"걱정 안 해도 될 거라고? 허허. 여자가 사내같이 너무도 당돌하다. 물
론 친정아버지니까 편한 맘으로 말하겠지만 네 성격은 어디다 내놔도 굵

어 죽지는 않을 것 같다. 그래, 이런 일은 아무리 생각을 해봐도 말들을 위험한 일이지만, 일단은 네 생각을 꺾지 못하겠다."

그랬습니다.

"예, 아버지."

"넌 어려서부터 여자애답지가 않아서, 저 애는 사내로 태어났어야 했는데 가끔은 그랬다. 그렇고 저렇고 간에, 빈방은 있지만 아저씨들과 시동생은 모르는 일 아냐?"

"말을 안 했으니 모르겠지요. 그렇지만 아버지가 허락하시면 고생 좀 해달라고 부탁할게요."

이러는 제 여식의 말을 들으니 짐작이지만 함께 온 머슴들도 시동생도 얼마나 고맙게 해주고 있는가. 남의 집에서 밤을 지새우는 일보다 더 어려운 일도 부탁하면 당연하다고 받아줄 분들이다. 물론 미안하기는 해도… 그런 생각으로 말한 것은 아닐까요.

사돈? 그래서

"그래, 아버지가 딸의 말을 믿지 못해서야 되겠냐. 빈방은 네가 정리하고 불편한 잠 되지 않게 해드려라. 그리고 야식도 준비해드려라!" 하였습니다.

안 될 일지만 사실상 허락하고 말았습니다. 이것이 친정부모일 것이다, 혼인이라는 이유로 내 곁에서 떠나갔지만, 세상 떠나는 날까지 품어야 할 부모라는 약한 맘이 들었습니다.

"예, 그렇게 할게요. 시집간 지 반년도 안 돼서 친정집에 다녀오게 하신 것만도 다른 사람들로서는 상상도 못 할 일이죠. 그 일을 저는 맛보고 있어서 그것만도 감사한 일인데, 거기다 대고 말씀드리자니 너무 죄송해서 그랬지만, 이렇게 된 일을 용서해주실 것입니다. 그렇지만 아버지가 안 된다고 하시면 어떻게 할까 그랬는데 아버지, 감사합니다."

"감사가 다 뭐냐. 부모한테는 '감사'라는 말을 하는 게 아니다. 그냥 '예' 하는 것만으로 그만이란다. 이런 말도 기억해라. 사회생활을 하는 데 있어서 알고 행해야 할 언어 예절, 행위 예절이 있는데, 그것을 얼마나 잘 지키느냐에 따라 대접을 받고, 그렇지 못하고가 달려 있다. 앞으로는 이런 문제도 잘할 줄로 믿는다만, 네 남편 문 서방 위신도 아내인 네 행동에 있음도 기억해라."

이렇게 말해두었습니다.

친정아버지로서 잘 가르쳐 시집을 보내야 하는 건데 그렇지를 못했습니다. 죄송합니다만, 잘 가르치지 못한 점은 사돈께서 가르치실 줄로 알겠습니다.

생각해보면 다른 사람은 몰라도 사돈과 저는 바로잡아야 할 일로 보는 게 있는데, 그건 시집을 멀리 갔을 경우 서너 시간이면 갈 수 있는 삼십여 리밖에 안 되는 친정집임에도 시집가서 처음에는 애를 낳아 걸리고 둘러업고서야 비로소 가게 되는 일입니다.

그것도 바라던 아들은 못 낳고 딸만 여럿 낳았다면, 친정집에서는 이바지를 바리바리 싸들고 가도 출가외인이라는 이유로 반갑게 여기지도 않습니다.

"참, 임신했다니 어떤 녀석이 태어날지는 몰라도 몸조심해야겠다."

"예, 아버지 조심할게요."

"아버지가 말하는 조심이란 몸은 물론이고 마음조차 말하는 거란다. 밝은 표정은 뱃속 아이가 느낀다는 것이다."

"예, 아버지."

"양반집에서 태어난 아기는 우렁차게 울기를 바라도 잘 울지 않고, 상민 가정에서 태어난 아기는 너무 심하게 운다고 한다. 배고픔과는 상관없이 왜 그런지는 아기에게 알아봐야겠지만, 엄마 맘이 편하고 복잡하고에 달리지 않을까? 그렇다 싶으니, 그런 줄 알아라."

"예, 아버지."

"아버지가 말을 너무 많이 했는지 모르겠다만, 네 말은 들으면 산도 옮겨질 것 같다."

"아버지, 산이 옮겨지게까지는 안 되겠지만, 아버지 어머니가 걱정 안 하실 만큼의 노력은 할 겁니다. 그러니 너무 걱정 마세요."

"그래도 네 걱정을 안 할 수 없는 게 친정아버지인 것만은 사실이다."

"시어른의 편지처럼 어떤 녀석이 태어날지는 낳아봐야 알겠지만, 애 갖는 것은 남들도 마찬가지인데 특별 경사나 난 것처럼 벌써부터 여기저기 알리고 그러셔요?"

사돈 이렇습니다. 애를 갖는 것을 무기로 하지는 않겠지만, 애를 쉽게 갖지 못하면 어떻게 하나 그랬는데 다행이라는 생각인지 얼굴빛이 신나 보였습니다. 그러니 사돈께서는 아무쪼록 제 여식을 예쁘게 봐주십시오. 물론 예쁘게 봐주신다는 말을 들었습니다만요.

사돈, 제 여식은 그동안 사내처럼 천방지축이었는데, 시집을 가더니 친정 아비로서 말하기는 좀 그러나, 한 집안의 며느리, 한 남편의 아내다워진 듯해 다행입니다.

그래서 앞으로 걱정 없이 잘살 거라는 믿음을 가져봅니다만 시댁은 물론 동네 분들로부터도 사랑받고 살아갈 수 있을지 걱정이 안 될 수가 없습니다. 잘살 거라고 믿어야겠지만요.

제 여식이 인륜적 혼례로 사돈 가정의 며느리로 살아가게 되었지만, 그래도 맘만은 제 품속에 있습니다. 그러니 사돈 양위 분께는 이 점도 이해해주셨으면 합니다.

그리고 이렇게라도 만났으니 사돈의 말씀대로 시간을 만들어보겠습니다. 그럼 뵐 때까지 안녕히 계십시오. 감사합니다(다는 아니겠지만 딸 가진 부모 쪽이 을(乙) 입장이었는데, 지금은 아니라는 말도 듣는다).

친정아버지 당부 말씀

기억하기도 싫지만, 혼례식장에서 족두리를 벗어 내던진 네 행동은 내 평생 듣도 보도 못한 일이다. 그런 일 때문에 아버지는 지인들 앞에서조차도 말문이 닫혀버렸다.

그래, 부모님으로부터 칭찬받는다니, 그동안의 걱정이 다소나마 풀리는 것 같아 다행이다. 그렇지만 시집살이가 생각처럼 녹록지 않을 것 같아 친정아버지로서 해주고 싶은 말이 있다. 잔소리가 될지 모르겠지만, 앞으로 살아가는 데 참고로 들어라.

이런 잔소리도 마지막일 것이다. 마지막이라는 말을 해놓고 보니 맘이 좀 이상해진다. 사랑하는 내 딸과 헤어질 수밖에 없는가 해서다. 이렇게 기분 좋은 날 슬픈 말을 해서야 되겠느냐마는, 이제부터는 시부모의 며느리요, 한 남편의 아내니, 그런 줄 알고 친정 생각은 하지 말아라. 시집을 위해 인연을 끊어도 된다는 말 같아 좀 이상하다만, 이것은 절대적이다.

오늘날의 딸들은 시집은 가지만, 어른들을 가르칠 정도의 최고학부를 나온 지식인들이다. 그런 현대적 딸에게 친정부모의 당부의 말은 잔소리일 수도 있겠으나, 며느리로서 아내로서 잘하고 살아라 하는 간단한 정도의 말이라도 하라는 주장이다.

그렇지 않고 돈만 듬뿍 발라 결혼을 시키다 보니, 딸에게 투자한 돈이 얼만데…, 하는 생각 때문인지, 해외여행도 보내주고 용돈도 많이 주기는 딸뿐이더라는 말은 슬프다 못해 역겹다. 그런 잘못된 착각으로 친정부모 자격을 내팽개쳐서야 되겠는가. 시집을 보낸 친정부모로서 가장 듣기 좋은 말이 있다면 무엇이겠는가. 시집에서 잘하고 산다는 말이지 않겠는가.

아내 자랑은 팔불출이라고들 하지만, "누가 친정부모고, 누가 시부모인지 모르겠네요." 사부인은 그런다. 시집에서 잘하고 살면 친정집까지 행복하지만, 친정에 잘해서는 양가가 나빠질 수도 있지 않겠는가.

생각해보면 혼인으로 인해 부모 자식이 헤어진다는 것은 슬픈 일이 아닐 수 없다. 우리는 누구도 아닌 부모와 자식, 아버지와 딸이기 때문이다. 앞으로는 몰라도 지금까지의 혼인 풍속도는 남자들이 여자를 데려오고, 여자들은 그 반대가 아니냐. 이런 혼인 풍속도가 여자들로서는 너무도 싫어, 시집갈 때는 좋아할 누구도 없어 가마 타고 슬피 우는 것을 본다.

누구는 이런 혼인 풍속도가 깨졌으면 할지 모르겠지만, 우리 시대에서 깨지기는 소망뿐이니, 기순이 너만은 인정하고 잘 지키고 살아라. 여자는 시집가는 날부터 전혀 새로운 세계에서 살아가게 된다는 것을 각오하고 말이다. 새로운 세계는 두려움의 연속이라는 점도 참고로 하거라.

시부모님과의 관계, 네 남편 문 서방과의 관계, 태어날 자식들과의 관계, 친인척과의 관계, 동네 분들과의 관계. 그리고 사회인들과의 관계. 이런 관계를 잘 이행하기는 쉽지 않겠지만, 그런 것들을 무시해서는 안 된다.

그것은 무거운 짐일 수 있을 것이다. 그러나 짐으로만 생각해서는 안 된다. 너는 누구보다 발랄한 성격이라 잘해낼 줄로 믿는다. 하지만 그래도 몇 가지 일러두겠는데 허투루 듣지 말고 귀담아두어라.

첫 번째로는 시부모와의 관계다. 시부모는 아무리 싫어도 모셔야 하는 관계다. 그런 관계지만 보고 있듯이 며느리를 너무 몰아세우는 시모도 있어 안타깝다. 안타깝지만 시모 입장에서는 품의 자식을 며느리에게 빼앗겼다는 서운함과 죽어서까지 지켜야 할 집안 어른 자리도 빼앗기지 않을까 하는 두려움을 느끼기 때문이라는 것 같다.

그랬다가도 늙어 세상을 떠날 때쯤에는 미안하다고 한단다. 그러니 시부모가 사시면 얼마나 오래오래 사실 것이며, 내 자식들이 보고 있지 않겠는가. 그런 맘이면 힘들다는 시집살이가 쉬 풀리지 않을까 싶다. 물론 네 남편 문 서방은 장애자라는 것을 시부모는 알고 몰아세우지는 않으실 줄로 믿지만 그렇다.

두 번째로는 네 남편 문 서방과의 관계다. 문 서방은 동네조차도 나다니지 못하는 장애자이기에, 조금만 서운하게 해도 서운한 맘이 도를 넘을지도 모를 일이다. 너야 믿지만 실수로든 서운하게 했으면 미안하다고 물 떠다 발을 씻겨주어라. 아니, 평소에도 그렇게 해라.

그래, 발을 씻겨준다고 해도 서운한 맘은 그대로일지 모르니, 참고로 무슨 일이든 네 생각이 옳아도 묻는 습관을 길러라. 가정의 불화는 부부간 소통 부족에서 있게 된다지 않느냐. 엄마와 나는 그랬는지 모르고 지금까지 살아가고 있지만, 완전한 부부로 생각하기까지는 10년여 시간이 걸린다고 하더라.

그것은 아이들이 태어나 기르면서 알아진다는 말이 아닐까 한다. 이런 점도 참고로 해라.

세 번째로는 자식들과의 관계다. 자식들과의 관계는 어느 관계보다 중요하다고 할 수 있다. 어머니라는 존재는 위험에 처했을 때 피할 수 있는 피난처요, 실패하거나 힘들 때 재기할 힘을 얻는 힘의 원천이요, 외로울 때 안식할 안식처인 것이다(과거가 아니라는 인식 때문인지, 어머니 상이 안 보인다는 것이 필자의 시각이다. 어머니는 품어주는 존재인데도 말이다).

한 가지 사례를 들겠다.

"철이 엄마, 철이가 나무에서 못 내려오고 울고 있어요."

철이 엄마는 그 말을 듣자 곧 달려가 본다. 그러자 정자나무에서 노래하는 매미를 붙잡으러 올라갔다가(올라갈 때는 위만 보이기에 아찔하지 않지만, 내려올 때는 아래가 보여 너무도 아찔해진다) 내려올 수 없어 울고 있음을 본다.

"철아! 엄마다. 아래는 쳐다보지 말고 왼발만 아래로 뻗어봐라. 거기에 나뭇가지가 있으니. 이번에는 오른발을 내려라."

그렇게 해서 아들 철이는 무사히 내려온다. 철이로서는 다행이라는 안도의 숨을 내쉴 때 엄마는 다른 말 없이 아들 철이도, 다른 아이들도 꼭 껴안아주고 "잘 놀아라. 엄마는 간다." 하고 그냥 갔단다. 다른 설명이 필요 없이 아들 철이는 엄마란 어떤 존재인지를 충분히 인지했을 것이 아니냐. 엄마의 사랑과 지혜 말이다.

만약 그렇지 않고 위험하다는 생각으로 "나무에 그렇게 올라가서는 위험하니 다음부터는 올라가지 마라." 했다면 아들 철이는 엄마의 말대로 조심만 할 뿐 사랑하는 아들의 도전 정신을 갖지 못하게 가로막는 거나 다름 아니냐. 도전은 그것이 무엇이냐에 따라 위험하기도 하지만, 실패가 존재한다. 그렇지만 위험과 실패 앞에 부모의 응원이 필요하다.

철이 엄마가 다른 아이들까지도 껴안아준 것은 큰 의미를 두고 한 일은 아니겠지만, 아이들의 맘은 껴안아준 철이 엄마가 얼마나 감사했겠느냐. 그때의 아이들은 그로 인해 나이를 먹어서까지 친절하게 지낼 것이 분명하다. 인간이지만 무리를 이루고 함께 살아가야 할 사회성 동물로 엄마들은 아이들을 생각해야 할 것이다.

한 가지 더. 세 살배기 개구쟁이 아들이 장롱 위에 있는 장난감을 내리고 싶어 머리를 굴리고 있는 것을 엄마가 알아차리고, 장롱 서랍을 열어 옷가지를 꺼낸다. 아들은 무엇을 봤겠느냐. 옷가지가 아니라 올라설 수 있는 발판을 봤겠지. 생활의 지혜는 말로 하는 게 아니라는 것도 참고해라. 동기부여에서 지혜를 찾고, 책을 봄으로 발전적 생각을 가질 것이다.

의사 집안에서 의사가, 법관 집안에서 법관이, 예술인 집안에서 예술가가, 교육자 집안에서 교육자가 나오듯 말이다. 그렇기도 하지만 "지금이야 어리지만, 앞으로 훌륭한 일을 해낼 인물이 될 것으로 아버지(엄마)는 믿는다." 말로도 하고 훌륭한 일을 할 수 있도록 동기부여를 해주는 것이다. 학업에서 일 등을 하는 사람은 사회에서 꼴찌일 수도 있다는 것도 기억해라.

아버지는 네가 천방지축으로 뛰놀아도 제재하지 않고 그냥 놔둔 것이 어쩌면 잘했는가도 싶다. 엄마도 그렇지만 아버지는 시대에 맞지 않는 성격인지는 몰라도, 건강하기만 하라고 했지. 말리지는 않았다. 그것을 잘했다고 생각하진 않지만, 그렇다고 잘못했다고는 안 본다.

그렇게 보면 아이들은 가르치는 대상이 아닌 것 같다. 보호해주어야 할 대상이지. 그러니 가르치려 들지 말고 묻는 말에 정확히 말해주어라. 잘 모르겠으면 모르겠다고 해라. 모르면서 아는 척했다가는 엄마의 체면이 구겨질 수도 있으니.

아이들은 궁금한 것이 많다고 한다. 그런 궁금증을 해소해주기 위해 공부를 그만큼 해야겠지만, 가장 중요한 것은 아이들이 보는 앞에서 문 서방에게 잘해 주는 것이다. 아이들은 아버지를 장애인으로만 볼지 모르니 훈장님이라는 자긍심을 심어주어라.

엄마로서 늙어서까지 대접받고 싶으면 남편을 위하는 모습을 보여주어라. 그렇지 않고 함부로 해서는 자식들은 어디로 튈지 모른다.
내 앞을 둘러싸고 있는 삶의 환경은 선(善)보다는 그렇지 못한 면이 더 많은 것이 오늘날이다. 그것이 무엇이든 말이다. 그동안 부모 그늘에서 학술적 공부만 했을 뿐 경험해보지 못한 사회초년생으로 냉엄한 현실에 맞닥뜨려진다면, 당황스러울 것은 어쩌면 당연하다. 이런 삶을 헤쳐 나가기는 생각처럼 녹록지 않겠지만, 그래도 나이를 먹어서까지 말썽꾸러기 자식이라면 거기에는 남편을 힘들게 한 엄마가 있다. 반드시다. 참고로 자식이 잘되길 바랄 맘이면 남편을 위하라. 그러면 바람의 기대치까지는 아니더라도, 보답은 주어질 것이다.

가정의 평화는 남편을 위하는 데서 출발한다는 것을 아내들은 기억했으면 한다. 물론 남편도 잘해야겠지만 말이다. 오늘날의 결혼관은 연하남으로 가고 있지 않나 싶다. 연하남이라는 밑바탕에는 남편을 위하며 살지 않겠다는 심리가 깔려 있지 않을까?
남성들로서는 장가를 안 갈 수도 없어 비참한 일이 아닐까? 그것은 아니라고 할지 몰라도 결혼도, 이혼도 여성이 결정해버린다면, 남성들 입장에서는 슬픈 일이 아닐 수 없다.
살기 싫은 상황이 벌어져 여차하면 꺼내들 수 있는 여성들 최대 무기가 이혼

일지라도 말이다.

네 번째로는 친인척과의 관계다. 친인척은 얼마나 가까이하느냐에 따라
얼마든지 남보다 못할 수도 있다. 그렇게 보면 그들도 나도 다툴 일만 없
이 지내면 얼마나 좋겠느냐마는, 내가 다가가지 않으면 다가오지 않을 거
라는 생각으로 대해라.

친인척 우애는 여자들 손에 달렸다는 것을 절대로 기억해야 한다. 친인
척을 도울 일이 있는지 찾아봐서 적극성도 띠어라. 그러면 그들도 나를 돕
지 않을까 싶다. 도움이 필요할 때 써먹을 만한 보험 성격 말이다.

다섯 번째로는 동네 분들과의 관계다. 동네 분들은 나이와 상관없이 먼
저 인사를 해라. 여자 노인이면 다가가 손 붙들고 말이다. 젊은 아낙이 손
붙들면 손을 씻기도 아까워할지도 모른다. 몇 분 전에 만난 얼굴이면 목
례만으로 하되, 아이들이라면 이름을 외워두었다가 불러주어라. 이름을
불러준다는 것은 인정해준다는 의미다.

어린이들을 안아주는 습관도 길러라. 그렇게 하면 아이들도 좋아하겠
지만 아이 부모들이 많이 고마워하지 않을까 싶다. 그런 일로 칭찬을 받
고자 하기보다는, 앞으로 태어날 네 아이들 장래에 영향을 끼치는 일이
될 수도 있으리니….

학교에서 왕따를 당하는 아이라면 자기주장을 제대로 펴지 못해 의기
소침해질 것은 물론, 왕따 시킨 녀석들에게 언젠가는 보복하겠다는 적개
심도 가질 심각한 문제일 수도 있다. 왕따 당하는 아이들 대부분은 엄마

가 너무 감싸기 때문이라고 한다. 그러므로 엄마는 큰맘 먹고, 최소한 다섯 친구들을 집으로 데리고 오게 해서 피자 같은 것도 나눠 먹게 하고, 잘 왔다는 의사 표시로 꼭 안아주어라.

그렇게 몇 차례만 하면 왕따에서 벗어날 수 있을 것이다. 이것을 적극 권한다. 현대 엄마들마다 엄청 똑똑해서, 왕따에서 벗어나도록 자신감을 심어주기 위해 태권도 도장에 보내기도 하는데, 그것도 괜찮지만, 어린이들끼리 어울려 노는 마당을 만들어주라는 것이다. 어울림이란 나이 차이와 상관없고, 공짜도 아니다.

너는 평범한 가정집 며느리가 아니라 훈장 집 며느리다. 그러니 행동 하나하나가 본보기로 그 집안을 살리느냐 그렇지 못하느냐에 있음을 절대로 알아야 한다. 그래, 말을 안 해도 잘하리라 믿지만, 그렇다.

여섯 번째로는 사회적 관계다. 사회적 관계는 불자가 불심으로 산속에서만 평생을 혼자 살 거면 몰라도, 그럴 수 없다면 좋든 싫든 사회인으로서 어울려 살아갈 수밖에 없다. 때문에 대화가 있게 되고, 대화를 하다 보면 남의 흉도 볼 수 있을 텐데, 놓아 자가 말을 물어 날랐다는 얘기는 없다는 것을 참고로 해라.

그리고, 여성으로서 마음 씀씀이다. 형편이 안 되면 모를까, 후하게 대접하는 습관도 길러라. 네 집에는 머슴들이 있지만, 머슴이 아니라 농사일에 애써주시는 분들로 여기고 대접해드려라. 가능하다면 머슴의 가족도 도와라. 머슴 가족을 돕는 것은 주인으로서 당연한 일이다. 돕는 방법은 머슴 자식들을 학교에 보내주는 것이다.

배재학당이니 이화학당이니 그런 배움의 학당이 생겼다지 않느냐. 그런

학당은 아직은 특별 부류들이나 다닐 테지만, 배우겠다는 열망은 모두의 바람이라서 얼마잖아 일반적일 것이니, 그때 말이다. 물론 재정적 뒷받침이 전제되어야겠지만, 여기서 생각해볼 수 있기는 걸인도 그렇다. 걸인을 걸인으로만 여기지 마라. 그들은 가난해서 거리로 나섰을 뿐이다. 그런데도 사회인들의 시각은 그들을 구걸해서 먹고 사는 천한 사람으로만 여기려 해서 안타깝다. 가진 것이 있고 없고가 구분되지 말아야 할 인간관계에서 그래서는 안 된다는 것을 너는 절대로 기억해라.

그리고 가진 것이 있을 때 베풀어라. 가진 것이 영원하지 못할 수도 있다. 그때를 생각해서라도 생활 형편이 어려운 집이 어느 동네라고 없겠느냐마는 네가 사는 동네도 다르지 않다면 그들을 위해 맘을 써라. 특히 산모의 경우다. 생활 형편이 괜찮은 집 말고는 쌀 몇 됫박, 미역 몇 줄기는 반드시 주어라. 작은 것이지만 고마워하는 맘은 너의 삶을 살찌게 할 것이다. 사회로부터 받게 되는 대접 말이다. 그렇게 하는 것도 상대가 좋아할지를 살펴야 하겠지만…

세상에 행복한 삶을 꿈꾸지 않는 사람은 없을 것이나, 그런 꿈을 좇으면 좇을수록 더 멀어지는 것이 행복이란다. 하루하루 잘살아낼 때 행복할 수 있다고 누구는 말한다. 인간이 추구하는 행복은 어디까지나 주관으로 소유 추구냐 존재 추구냐에 있다고 한다. 소유 추구는 물질에 기반을 두지만, 허무가 기다리고 있고, 존재 추구는 이만하면 됐지 뭐 바랄 것이 더 있겠는가 하는 감사로 유지될 것이다. 물론 건강이, 물질이 고통을 주지 않아야 하겠지만 말이다. 행복이란 자기만족이다. "심령이 가난한 자는 복이 있나니 천국이 저의 것임이요."라는 성경 말씀도 있지 않은가.

웃음이 복일 줄이야

"어머님, 저한테 그렇게까지 않으셔도 돼요. 그러지 마세요, 처음에는 싫었지만, 이제는 괜찮아졌어요."

시어머니에게 이 한마디를 하기까지 생각을 얼마나 했는가. 지금의 집안 분위기는 내가 언제 그랬느냐는 듯 웃지만 내가 웃기 전까지는 남편은 장애인이 된 것이 너무도 슬퍼 극단적 생각도 했지 않았을까. 만약이기는 하나 남편이 잘못되기라도 하면, 그 잘못은 며느리인 나 때문이라고 모두 그러지 않겠는가. 무섭다. 무섭기도 하지만 남편이 불쌍하다는 생각이 든다.

봉건적 사회분위기상 집안에 장애인이 있어서는 절대로 안 되는 흉물이 아닌가. 그것을 남편은 누구보다 잘 알 것이다. 언제라고 본인의 의사에 의해 혼인을 했겠는가는 혼인도 남편의 의지가 아닌, 시부모님의 의도에 의해 혼인을 했다.

그래, 언제라고 부모 결정 없이 혼인이 이루어졌는가. 마지못한 혼인일지라도 건강이 나쁘지 않아야 할 것은 두 말이 필요하겠는가.

때문에 지금의 상황을 누구한테도 말할 수도 없어 토라진 나의 표정에 남편은 기죽어 있을 것이 아닌가. 안 되겠다. 이런 장애자와 살 수밖에 없다면 그냥 웃어버리자. 내가 웃어버리면 다 되는 것을 가지고 며칠간 고민만 했다니…? 자신이 딱하다는 생각까지 들어 "이제는 괜찮아졌어요." 오직 그 한 마디뿐인데도 시어머니는 우신다. 당황스럽다.

내 의지와는 상관없이 걷지도 못하는 장애인과 혼인했다는 것이 너무도 억울해, 신랑과의 당연한 합방도 못 하고 도망칠 생각만 그동안 했다. 그래, 싫다고 해서 도망친다면 어디로 도망치겠는가. 도망친다고 해도 갈 곳이 없다. 있다면 친정집밖에 더 있겠는가. 그렇지만 친정집으로 다시 돌아갈 수는 없다. 그러면 이 일을 어떻게 할 것인가. 죽으나 사나 장애인과 살아갈 수밖에 더 있겠는가. 그러니 도망칠 생각은 그만두자.
그런 생각으로 시어머니에게 다가가서 말했다.

"어머님 그러지 마세요. 이젠 괜찮아졌어요."

간단한 이 한 마디가 시어머니를 감동시킬 줄이야….
며느리로서 미안한 맘이 든다. 시어머니로서는 그러실 것이다. 장애인 자식을 낳았다는 생각에 그동안 시아버지한테도 조상들에게도 죄인처럼 사신 것이다. 장애인 자식을 낳게 되면 그 잘못을 어머니가 다 뒤집어쓰지 않았는가.
그랬기에 여자로 태어난 것이 얼마나 억울했겠는가. 다른 집 자식들처럼 멀쩡하지 못한 장애인 아들 때문에 며느리 앞에서도 기를 펼 수 없다면, 이 얼마나 기막힌 일이겠는가. 내가 시어머니가 맞나 했을지도 모른다.
어느 집이든 장애인 자식이 있다는 것은 창피하고 부끄러운 일이다. 그런 점을 생각해서는 아니지만, 상대에게 불편을 줄 수 있는 자식 자랑 같은 것은 하지 말자는 것이 오늘날까지도 당연시되고 있지 않은가. 장애인을 낳은 것이 죄인이 아님에도 무슨 잘못을 저지른 사람처럼 사회생활도 활발치 못해서야 되겠는가.

안 될 일이지만 시어머니는 장애인 아들 때문에 많이 힘들어하시는 눈치다. 장애인 자식을 낳으리라는 생각을 어느 누가 했겠는가(아들은 다섯 살 때 소아마비가 되었다). 똑똑한 자식이 태어나기만을 바랐겠지. 세상사 예상치 못한 일은 누구에게나 있을 수 있다.

그것을 인정 못 할 일은 아니나, 하필이면 내 아들이 장애인이라니. 때문에 세상을 떠나는 날까지 죄인으로 살아갈 수밖에 없다면, 이 얼마나 슬픈 일인가. 그런 슬픔에서 벗어날 수 없는 시어머니에게 며느리가 다가간 것이다.

"어머님, 이젠 괜찮아졌어요." 이 한 마디를 들고 말이다.
"애야, 나 이제 살았다." 짐작이지만 맘으로는 그랬을 것이다.

조선 말기까지도 집안에 탈이 없기를 바라는 맘으로, 재산이 있는 집안은 자자손손 대대로 흥한다는 명당에다 돈을 많이 들여 묘를 조성하고, 묘에 어울리는 비도 세우지 않았는가. 버스를 타고 고속도로를 달리다 보면 근사한 묘도 보곤 하는데, 그런 묘는 풍수지리학자들의 얘깃거리가 되기도 할 것이다.

풍수지리는 땅의 형세를 인간의 길흉화복에 관련시킨 우리의 전통적인 지리 사상이다. 산(山)·수(水)·방위·사람 등 4가지 요소를 조합하여 구성하며, 『주역(周易)』을 주요한 준거로 삼아 음양오행(陰陽五行)의 논리로 체계화하였다. 풍수지리는 풍수로 표현되기도 하는데, 간룡법(看龍法)·장풍법(藏風法)·정혈법(定穴法)·득수법(得水法)·좌향론(坐向論)·형국론(形局論)·소주길흉론(所主吉凶論) 등의 지세를 살피는 원리를 통해 명당을 찾고자 한다.

풍수는 도읍이나 군현(郡縣), 혹은 마을 등 취락의 입지를 잡는 양기 풍수(陽基風水)와 개인의 주택 입지를 선정하는 양택 풍수(陽宅風水), 묏자리를 잡는 음택 풍수(陰宅風水) 등으로 나뉜다. 세 가지는 구분되나 술법과 본질은 동일하다. 풍수는 우리에게 가장 익숙한 용어로 좌청룡(左靑龍)·우백호(右白虎)·전주작(前朱雀)·후현무(後玄武)라는 용어이며, 배산임수의 명당자리라는 표현도 익숙하다. 좌청룡·우백호·전주작·후현무는 땅 주변의 산세를 일컫는 표현이며, 배산임수는 형세를 갖춰 산으로 둘러싸이고 물이 흘러나가는 전통적인 입지 선택에서 좋은 땅을 의미한다. 예로부터 우리나라는 배산임수의 형세를 갖춘 땅에 읍성의 위치를 정하고 사람들이 살아왔다.

〈인터넷 참조〉

집안에 안 좋은 일이 생기기라도 하면, '이게 어떻게 된 거야. 조상을 명당에다 모신다고 모셨는데. 그러면 진짜 명당이 아니라는 건가.' 하며 이때부터 머리를 굴리기 시작한다. 떵떵거리며 잘사는 집안 묘지 유골과 바꿔치기를 해야겠다는 생각 말이다.

지금 생각해보면 우매한 짓이지만 실제 있었던 50년대 얘기로 말도 안 되는 유골 바꿔치기지 말이다.

1950년대 후반 고향에서 본 명당 내용이다. 언제부터 앉은뱅이 장애인이 되었는지는 몰라도 이름난 풍수지리학자라고 해서 명당자리를 봐달라고 바지게에다 짊어진 모습은 영 아니었다. 가자고 해서 가본 명당은 쭉 뻗은 산줄기가 아니라 바로 동네 앞 밭이 아닌가.

면(面) 부자 반열에까지 오른 변장호(가명) 씨는 조상의 묘를 조성하고서 후대에 왕비가 낳을 자리라는 말끝에 "풍수지리가 무엇인지는 몰라도 웃기지나 마시오."라고 했다. 물론 한참 후에 생각한 일이지만 그랬다. 후대에 왕비가 나올 거라는 말을 아무리 생각해봐도 사기꾼인데, 그런 사기꾼을 풍수지리학자로 대접하다니…?

인간으로 세상에 태어났으면 영생불멸이기를 바라기에, 시신을 버리는 게 아니라 모신다는 의미로 우리 민족은 그동안 매장 문화를 가져왔다. 그러다가 현대에 들어와 편리성 때문에 화장장이나 수목장을 하게 되었다. 그런 장례 문화는 민족마다 달라 매장, 화장, 수장, 천장, 답장, 야장, 현관장 등이 있다고 한다.

천장은 독수리가 먹이로 해서 치워주는 장례로, 시신을 먹고 사는 독수리들은 기다렸다는 듯 장례식장 하늘을 여러 마리가 난다. 시신을 각을 내 독수리들에게 던져주는 장면은 무시무시하다. 심장 약한 사람은 볼 수가 없는 장면이지만, 그런 장면을 TV로 보여주기도 했다. 물론 시신을 토막 내는 장면은 너무도 잔인해 보여줄 수가 없어, 독수리에게 던져주는 장면만 보여주었다.

세상에 태어나 두게 된 후손들의 장례 행위일 테지만, 그것이 인간으로서 그동안 살아온 삶의 마지막인가 싶었다. 그것도 복을 확실히 믿기는 어려우니 무당을 모셔다 큰 굿도 하고 말이다. 이것이 당시 사회적 풍경이었다.

아무튼 "이젠 괜찮아졌어요." 며느리의 한 마디에 시어머니는 그동안의 한이 풀리신 것인지 며느리 손을 덥석 붙들면서 "그래, 고맙다." 하며 눈물까지 글썽인다. 며느리로서 눈물 글썽이는 시어머니 생각을 읽어본다. 이제야 생각이지만 벌써 웃어 버릴 걸 그랬나.

며느리를 사기를 치다시피 데려왔지만 도망칠 생각만이라도 갖지 않게 해야 할 것이 아닌가. 시어머니 그동안의 생각은 어디만큼이었을까. 도망칠 생각을 갖지 않게 하는 방법이 있다면 어떤 방법일까? 아무리 생각해봐도 며느리 생각을 따라주는 것밖에 더는 없을 것 같아 앞이 캄캄하셨을 것이 아닌가.

"이젠 괜찮아졌어요."

이 말을 하게 되기 전까지는 너무도 속상해서 남편과 당연한 합방도 못 치렀다. 물론 많은 날이 아닌 사흘뿐이기는 해도.

누구든지는 아닐 테지만 신혼부부 아기 만들기 첫날 밤용 베개도 있다. 길이가 개인용 두 배나 긴 베개, 그것도 보는 시각에 따라 다르겠지만, 합방용 베개라는 점에서 민망하기도 했다. 그런 베개가 1950년대까지도 있었는데, 칠십 대 후반 나이들은 보기도 했을 것이다. 물론 본인이야 아닐 테지만.

지금은 시부모로부터 칭찬도 받으니 이젠 잊어도 될 일이다. 먹골 댁은 가마를 타고 시집오면서 복잡한 생각을 다 했다. 시집가서 시부모로부터 칭찬받으며 잘살아야겠다는 생각이 아니라 도망칠 생각이었다. 생각하기도 싫지만, 혼례식 같지도 않은 혼례식을 치렀고, 혼례식을 치르자마자 가마를 타버려 얼마나 속상했는지 모른다.

그것도 스스로 알아서 타게 둔 게 아니라, 덩치도 웬만해서 힘도 세지만 남편도 못 이긴다는 왈가닥으로 소문난 월평 댁이 들어다 태우다시피 했다. 그랬지만 월평 댁도 속상했으리라. 혼례를 치르기 전에는 나를 얼마나 예뻐했는가. 가마를 못 타겠다고 반항하진 않았지만, 잘 걷지도 못하는 장애인에게 시집을 보낸다는 것이 월평 댁도 많이 속상했을 것이다.

딸을 둔 부모라면 시집가는 신부를 남의 자식 사정으로만 볼 수는 없지 않겠는가. 동네 사람들마다 신부가 말도 안 되게 족두리를 벗어 내던지고 도망치는 있을 수 없는 행동을 했지만, '혼인을 했으니 어서 가, 시집에 가서 잘살기나 해.' 하며 한동네에서 태어나 사랑받으며 자라 정이 들 대로 든 동네를 떠나는 가마를 바라보면서 동네 분들은 빌었을 것이다.

나이가 차서 시집가는 것은 당연하다. 그렇지만, 시집간다는 문제로 정든 사람이 헤어질 수밖에 없다면 서운해하지 않는 사람도 있을까. 서운함은 가마를 타버린 신부도, 시집을 보내게 되는 친정부모도 마찬가지다. 동네 사람들도 많이 서운해했을 것이다. 서로 눈이 맞은 처녀·총각 혼인이면 웃으며 보내겠지만 말이다.

다들 그렇듯 가마 타고 보란 듯이 시집을 가야 맞지 않은가. 그런데도 나는 이게 뭐야. 무슨 죽을죄를 지어 관가로 끌려가는 것도 아니고….
사인교 가마는 많이도 흔들린다. 넘어지지 않게 아예 드러누우라고 미리 말하지 않았으면 뒤로 넘어질 뻔했다. 대관절 어디로 가기에 이리도 흔들리는 걸까? 평탄길이 아니라 계곡길인가 보다. 밖을 내다볼 수 있게 제작된 가마지만, 가리개로 가렸다. 가리개 때문은 아니지만, 너무도 속상해 밖을 내다볼 필요도 없어 눈을 감아버렸다.

한 오 리(2킬로)쯤에서 "여기서 뭘 좀 먹고 갑시다." 하며 앞서가는 신랑을 태운 가마꾼이 말한 듯했다. 느낌이지만, 잘 먹을 줄 알았던 혼인 잔칫집 음식을 먹지도 못해 배가 고프다는 말일 게다. 신랑 가마, 신부 가마 둘 다가 사인교이기에(가마도 용도에 따라 교여지제 가마, 남여 가마, 보교 가마, 봉련 가마, 쌍가마, 연 가마, 용정자 가마, 독교 가마, 채여 가마, 초헌 가마, 평교자 가마 등이 있다) 신랑 가마, 신부 가마 양쪽 일행들까지 하면 스물두 서너 명은 될 것이 아닌가.

이렇게 많은 인원이라 먹을 것도 그리 알아서 넉넉하게 주었을 것으로 믿지만, 음식이 모자라지나 않을까? 결국은 혼례를 치르고 가마를 타고 가는 길이지만 가마꾼들은 혼인 잔칫집에서 잘 먹을 줄로만 알았다가 신부가 난데없이 족두리를 벗어 내던지고 도망치는 바람에 점심도 못 먹은 것이다. 가마꾼들에게는 많이 미안하다.

상도 없이 맨바닥에다 음식을 펼쳐놓고 "신부도 배고플 텐데 뭘 먹어야지요?" 한다. 가마 안이라 누군지는 몰라도, 부아가 나 있는 줄 알면서도 그리 말했을 것이다. 부아는 부아고, 배고픔은 배고픔 아닌가. 너무도 슬퍼서 울려 해도, 배 속을 채워놓아야 울음 같은 울음이 나오지 않겠는가. 지금 당장 죽을 줄 알면서도 배고픔만은 못 참는다는 그런 얘기 말이다. 가마꾼 일행이야 진짜 먹으라고 말했는지는 몰라도 대뜸 "먹기 싫어요." 하고 신부는 퉁명스럽게 대답을 해버렸다. 신부답지 못한 말을 해놓고 생각해보니 이분들은 죄가 없다. 미안하다.

또 얼마나 갔을까. 가마꾼들은 힘이 드는지 또 쉬었다 가잔다.
앞서가는 신랑 가마 쪽에서. 참기 어려운 생리 현상이다. 생리 현상을 해결해야 해서 "아저씨들 저만치 가 계세요." 한다. 일행들은 볼일이 급하다는 것을 알아차렸는지 "예." 하고 저만치 가는 소리가 들린다.

신부는 볼일을 다 보고는 "이제 됐어요." 그런 말도 큰 소리로, 한 번도 아니고 두 번이나 했으니 들었을 테지만, 쉰 김에 담배들을 피우는지 한참 만에 가마를 멘다. 생리 현상을 시간이 정해지지 않아 먼 길이 아니라도 가마에 요강만은 반드시다. 가마에 실린 요강은 잘못 관리해 깨뜨리지 않는 이상 무덤까지 갖고 간다.

요강에 대해 설명하자면, 비료가 없던 시절 오줌은 쉽게 버릴 수 없는 귀한 비료이기도 해 함부로 버릴 수는 없다. 그래서 요강은 비료를 모아두는 그릇이기도 하다.

시골이라고 해서 다는 아니지만 1950년대 초까지도 용변을 해결할 수 있는 해우소(불교 용어로 변소)가 없는 집도 있었다. 그래서 여성으로서는 함부로 까발려서는 안 될 아가씨일지라도, 편편한 돌 두 개를 놓고 그 위에 앉아 용변을 본다. 귀한 손님이라고 해도 마찬가지다. 너무도 민망한 일이지만, 용변 보는 가림막도 엉성하게 만든 거적때기다.

그렇게 해서 배출된 용변은 부엌재로 버무려 잿더미에 던져 묻어두는데 오줌도 귀한 비료라 마찬가지였다. 그러기에 집이 너무 멀면 몰라도, 용변을 다른 집에서 보고 오면 부모로부터 꾸지람도 들었다.

그렇게 보면 없는 것 없이 살아가는 오늘날이지만, 그 옛날 삶의 사회상은 어느 만큼이었을지 궁금하지 않은가. 지금 말한 내용의 역사적 글은 아직 못 봐 올려보는 것이다.

시댁이 무슨 동넨지는 몰라도 여간 먼 동네가 아닌가 보다. 어쨌거나 가마를 타고 가기는 하지만, 어느 동네로 가는지 알기라도 했으면 좋겠다. 그래, 잘못으로 관가에 끌려가는 게 아니라 시집가는 길이니, 어느 동네로 가는지 알려고 할 필요는 없지만 말이다.

또 얼마나 갔을까. 한참 간 것 같은데도 아직이라니. 시집을 멀리 가는 것만은 맞는가 본데, 해를 보니 시집이 서쪽인가 보다. 그렇지만 서편 동넨지? 북편 동넨지? 남쪽 동넨지? 아니면 동쪽 동넨지? 아버지는 그런 말도 안 해주셨다. 그래서 궁금하기 그지없다. 우리 아버지는 그렇게 엄하지 않으셨음에도 말씀이 없으셨다니…. 이럴 줄 알았으면 동네만이라도 물어 알아둘 걸 그랬다.

신부가 시집의 사정을 속속들이 알아서는 안 된다는 이유 때문이었을까? 짐작만이지만 그동안 키운 딸이라도 시집을 갔으면 친정부모 형제도 남으로 알고, 죽으나 사나 시집 식구들만 섬기고 살아야 한다. 그래서 무슨 동네인지 동네 이름조차도 안 가르쳐준 것은 아닐까?

부모와 자식은 누가 뭐래도 피로 연결된 혈육관계다. 그렇지만 시집을 간다는 것은 그런 관계조차도 지워버려야 한다는 것은 아니었을까? 또 여자들은 남자들과 달리 발걸음조차도 소리 나게 걸어서는 안 된다는 둥 하는 엄하신 시아버지는 아닐까?

시아버지도 그렇지만 더 무서운 상대가 시어머니이지 않은가. 시어머니들은 구조적으로 그렇게 되어 있는지 몰라도, "친정에서 그것밖에 못 배웠느냐?" 라는 등 시시콜콜한 구닥다리 얘기들을 꺼내 들고 며느리들을 힘들게 한다지 않는가. 친정 동네서 봤듯이 말이다. 너무 힘들 땐 부아가 난 신부가 "어머님은 힘들었을 때가 없었어요, 할머님 땜에?" 하고 되받아치고 싶지 않을까? 하지만 그럴 수는 없을 것이다.

특히 시집을 온 지 해가 지나도록 아기 소식이 없을 땐 시어머니는 독기 어린 눈으로 "너는 밥값도 못 하느냐?" 하면 "어디 저 때문에요? 무정자인 남편 때문이지… 나도 속상해 죽겠으니 너무 그러지 마세요." 하고 되받아치고 싶었을 것이다. 물론 현대라는 시대적 상상이지만 지금의 어머니들은 당시 그런 말이 입 밖으로 튀어나올 것 같은 기분이 아니었을까?

여성으로서 곱기 절정인 십 대 후반 나이라면 아무리 며느리라도 갖고 싶은 이성적 맘이 들기 때문이겠지만 대부분의 시아버지는 며느리가 힘들어할까 봐 된밥이면 "질지 않고 고실고실하다." 진밥이면 "되지 않고 날쌍하다."라고 말씀하실지? (고실고실, 날쌍은 전라도 방언이다.) 시어머니도 "친정에서 배웠다 해도 쉽지 않지? 그래, 이해한다." 그렇게 하실지? 거기까지가 아니다. 시어머니보다 더 까칠한 것은 손아래 시누이들이다. 시누이 심리 공부를 안 해서 짐작뿐이지만, 시동생은 형수가 곱게 보이는 것은 이성이라는 본능적 심리 때문이고, 시누이는 경쟁자가 들어왔다는 본능적 심리 때문일까? 그래서인지 가까이하기가 너무 어렵단다.

"새언니, 우리 집으로 잘 왔어요. 언니가 아는 것 내게도 가르쳐줘요. 나도 시집가서 써먹게…" 시집 분위기가 이러면 그나마 다행이겠지만, 그러리라는 믿음은 지금으로써는 조금도 없고, 있다면 오직 두려움과 부아뿐이다. 시집을 가기 전까지는 친정 부모님의 보호 아래 철부지로만 산 것이다. 그랬지만 우리 아버지만이 아니라 아버지들은 태어나서 시집을 갈 때까지 단 한 차례도 스킨십이 없다. 눈높이조차도 없다. 그런 게 있으면 흉이 되기 때문에 그랬는지 모르겠지만.

가정에서는 아버지가 절대권력자였다. 1960년대까지도 여자아이는 술 심부름이나 담배 심부름 말고는 아버지를 가까이 못 했다. 싫어서가 아니다. 스킨십을 하고 싶어도 할아버지 할머니 앞에서는 무례한 짓이었다. 꼭 그래서만은 아니었을 것이나 신부 배기순은 외가에도 못 가봤다. 물론 어릴 때 어머니 등에 업혀 가봤는지는 몰라도, 외갓집 기억은 없다. 외가는 한나절 길이란다. 그렇게 멀어서만이 아닐 것이다. 외가가 아니라도 데리고 갈 거면 오빠나 남동생을 데리고 가곤 했다.

아무튼 곧 시부모를 뵙게 될 텐데, 시아버지는 무서운 호랑이상이 아닐지? 며느리로서 해야 할 일들이 많을 것은 당연해서 친정어머니가 가르쳐 주려고 애를 쓰셨음에도, 배우려 하기보다는 천방지축으로 뛰어놀기만 해서 아무것도 할 줄 몰라 벌써부터 걱정이다. 시누이도 있다면 몇이나 되며 성격이 까칠하지는 않을까?

시집에 가보면 알게 되겠지만, 친정아버지는 생활 형편도 말해주지 않아서 알 수가 없어 깜깜이다. 시댁 사정들이 너무도 궁금해서 가마꾼들에게 묻고도 싶다. 그렇지만 나를 태운 가마꾼들은 같이 살아온 한 동네 분들인데 몇십 리 밖 시댁 사정을 어찌 알겠는가. '신부 족두리를 벗어 내던져버리고 도망친' 이런 소문이 아닌 이상 말이다.

그나저나 앞으로 며느리로 살아갈 일이 걱정이다. 살아보다가 안 되겠으면 도망쳐버릴까? 도망친다면 어디로 도망칠 건가? 친정으로 다시 갈 수는 없고, 도망칠 기발한 생각이 떠오르지 않는다. 가마는 세 번째 쉰다. 가마꾼들은 먼 길이라 많이 힘든가 보다. 가마 속에 들어앉았으니 신부가 어떤 표정인지 가마꾼들은 보이지 않겠지만, 기분 좋게 시집가는 게 아니라 미안하기도 하다. 그동안 뛰놀던 멀쩡한 다리이니 가마에서 내려

걸어가겠다고 하면 안 될까.

시집가는 신부라 그럴 수 없으니까 가마를 태웠겠지만 말이다.

이것이 여자로서 시집가는 거겠지. 시집 가까이 왔을 거로 생각하니 부
아보다는 눈물이 난다. 그동안 애써 키워주신 친정 부모님, 사랑하는 동
생들, 그리도 좋아했던 친구들, 자기 딸이나 되는 양 예뻐해 주시던 분
들…, 그런 분들을 뒤로하고 나는 시집을 가고 있는 것이다. 그분들을 언
제 또다시 뵙고, 만나보게 될까? 언제 다시 오리라는 약속도 안 했다. 아
니, 못 했다. 다만 한 남편을 섬기고, 시부모를 효성으로 모시며, 자식도
낳고 그렇게 살아갈 일뿐이다. 그렇게 살아가다 보면 날이 가고 해가 갈
것이 아닌가. 그렇게 되면 그리운 이름들은 이런저런 일로 떠나버려 못 보
게 될 텐데, 생각할수록 슬프다.

시집이라는 것이 이렇게 슬픈데, 시집이란 걸 아예 없앨 수는 도저히 없
는 걸까. 그래, 여자로 태어나 나이가 차면 싫든 좋든 부모님이 정해주신
임을 만나 새로운 세상을 살아가야 한다. 그렇기에 이렇게 시집이라는 절
차를 밟겠지만, 아쉬움이 무더기로 몰려올 줄이야. 아! 이것이 인생이고
이것이 여자인 건가. 이럴 줄 알고 어머니는 눈물 닦을 수건도 주었을까.
눈물이 계속 난다.

아버지는 실수로 장애인에게 시집보내게 되었다는 것을 얼마나 미안해
하실 거며, 어머니는 또 얼마나 슬퍼하실까? 열 살이 채 못 된 동생들이
야 무슨 속인지도 모르고 어머니가 우시면 덩달아 울 것이다. 하지만도
동생 기만이는 세상 물정을 알 만한 열세 살이지 않은가. 그런 나이이기
에 가마를 탄 누나를 따라나서고 싶은 맘도 없지는 않았을 것이다.

아버지! 어머니! 저 거의 다 온 것 같습니다. 이제부터는 울지 않을 테니 걱정 마세요. 동생들아! 너희들을 보러 갈 때까지 잘 있어라. 생각은 그래도 울음은 소리 나게 나온다. 가마꾼들은 위로도 없이 다 와 간다고만 말한다. 그래, 같이 울어줄 수 없겠지. 매정하다. 그동안의 경험으로 볼 때, 어머니들도 계집애가 따라다녀서는 안 된다고 했다. 외조부모로서 외손주를 싫어했겠는가마는, 어미를 졸졸 따라다니는 것을 흉으로 여겼기에 그랬으리라. 지금 생각해보면 왜냐고 묻는 것조차 야단맞을 일이었다. 물론 모두가 다 그렇지는 않았으리라 싶지만, 언제까지고 견고할 줄로만 알았던 양반의 위치가 무너지는 소리는 멀리까지 들리기 시작한다.

잘사는 미국 선교사들이 본 조선 어린이들은 촉새처럼 뛰놀아서는 안 된다는 이유 때문인지, 마음만 뛸 뿐 몸은 그렇지 못한 채 묶여 있는 형국이다. 부모의 역할은 아이들이 헤어나기 힘든 시궁창에 던져봐도 나름대로 지혜를 발휘해 살아가도록 해야 하는데, 삼강오륜만 고집하는 것 같아 안타깝다.

영하 50도를 오르내리는 사람이 살 수 없는 남극, 그렇게 추운 극한 환경에서 무리를 이루고 살아가는 펭귄들의 삶. 부화한 지 얼마 안 돼 보이는 새끼 펭귄 한 마리가 또래 펭귄들보다 너무 약하게 부화되어 그런지, 다른 새끼 펭귄들이 심하게 쪼아대며 왕따를 시킨다. 무리의 세계는 어떤 문제와 관련해 타협이 필요하다. 만약 타협이 안 되면 잡아먹겠다는 동물적 악다구니를 부리기도 한다.

악다구니는 싫지만, 악다구니 부리기는 어떤 부류인지 설명이 필요 없이 힘센 자의 논리 아닌가. 힘센 자의 논리가 타당하지 않다는 데 무리의 동의를 얻어 법률을 제정하고, 무리는 그런 법률에 순응한다. 어디까지나

도덕심을 중시하는 인간세계만이 그렇겠지만, 펭귄들의 세계도 그러면 안 되는 걸까. 물론 이유가 있어서 인간에게만 그런 능력을 갖추게 한 것이 조물주의 의도겠지만 말이다.

펭귄들의 세계도 그러면 좋으련만, 조물주는 펭귄들은 그럴 능력을 애초부터 지니지 못하게 했나 보다. 비리비리(약하게)하게 부화한 새끼 펭귄을 또래 펭귄들이 따돌리기도 하지만, 얼마잖아 부모가 될 예비부모 펭귄들은 제 새끼 펭귄을 품어주기 연습도 한다.

그것을 본 엄마 아빠 펭귄은 사랑하는 내 새끼 펭귄을 무슨 노리개나 되는 양 가지고 놀다니, 하며 못 당할 갖은 수모를 다 당하고 있는 것을 보면서, "야, 이것들아. 네 새끼 펭귄이 아니라고 노리개처럼 가지고 놀아도 되는 거냐? 내 새끼 펭귄도 네 새끼 펭귄들처럼 튼튼하게 부화할 줄 알았는데, 약하게 부화하여 너무도 속상한데, 거기다 대고 온갖 짓을 다 해?!" 펭귄들의 언어를 알아들을 수 없지만, 많이 속상했으리라. 부모 펭귄은 자기 새끼 펭귄이 그러는 것을 보면서도 어쩌지 못하고 먹을 것만 열심히 물어다 준다.

한번은 새끼 펭귄에게 먹일 것을 구하러 간 사이, 모진 눈보라가 휘몰아쳤다. 또래 펭귄들이 쪼아대 힘들지만 그래도 새끼 펭귄은 홀로 있으면 얼어 죽을 수밖에 없어 펭귄 무리 속으로 어렵게, 어렵게 들어간다. 부모 펭귄은 새끼 펭귄에게 주려고 밥을 가져왔는데, 새끼 펭귄이 어디를 갔는지 보이질 않는다. 부모 펭귄은 두리번거리다 뭉쳐 있는 펭귄들 무리를 본다.

그래, 경험상으로 새끼 펭귄은 필시 뭉쳐 있는 펭귄들 속에 있을 것이다. 그런 짐작으로 뭉쳐 있는 펭귄들 곁으로 가 "엄마 아빠가 먹을 것 가지고 왔다.

어서 나와서 먹어라." 하고 알아들을 수 없는 소리를 소리소리 지른다. 새끼 펭귄은 부모 펭귄임을 곧 알아차리고 빠져나오려고 몸부림친다. 그렇지만 새끼 펭귄은 몸이 너무도 약해 어려움을 겪는다. 빠져나오려고 몸부림을 치는 새끼 펭귄을 동료 펭귄들은 네 부모 펭귄이 부르면 어서 가야지 하는 맘으로 비켜주기는커녕, 날카로운 부리로 쪼아댄다. 안타깝다.

펭귄은 추운 곳에서만 살아가도록 설계(창조)되거나 진화했겠지만, 그래도 견디기 어려운 것이 휘몰아치는 눈보라다. 눈보라가 휘몰아치면 펭귄들은 한 곳으로 뭉친다. 물론 어른 펭귄 아기 펭귄 따로따로이지만. 여기서 조물주의 생각을 그려본다. 힘들 때는 서로 의지하라는 눈보라가 아닐까. 그렇게 뭉쳐 있는 펭귄들 위에다 물을 부어도 물 한 방울도 스며들지 않을 것 같다. 똘똘 뭉쳤다. 그런 펭귄들을 보면서 '뭉치면 살고, 헤어지면 죽는다'는 말이 생각난다.

사람 같으면 그러는 펭귄들을 때려주거나 싸우겠지만, 부모 펭귄은 그럴 수도 없다. 부모 펭귄으로서는 새끼 펭귄을 옆에 붙어서 왕따시키는 펭귄들로부터 보호해주고 싶지만, 먹을 것을 구하러 가야 해서 걱정이 태산이다.
그렇지만 부모 펭귄은 먹을 것도 영양가 있는 것을 가져다 먹여준다.
그러면서 "이걸 먹고 왕따당하지 않게 튼튼하게만 자라라." 하는 건지 가져온 먹이를 먹여주면서 새끼 펭귄을 빤히 쳐다본다. 이렇게 약한 내 새끼 펭귄이 험한 세상 파도에 힘이 모자라 쓰러지지 않고 자신 있게 헤쳐 나갈지? 염려하면서 엄마 아빠 펭귄은 가진 정성을 다해 키운다.
그렇게 정성을 다해 키우다 보니 날이 바뀌고, 달이 바뀌고, 시간이 흐른다.
그래서 5개월이 지나 생태계상 홀로 서게 할 수밖에 없다는 생각을 부모 펭귄은 갖는다. 그렇지만 약한 몸으로 홀로서기에 세상살이는 녹록지 않아 살아가기가 얼마나 힘들까? 부모 펭귄의 맘은 염려로 가득 차 있다.

"그래, 너를 키우느라 그동안 힘도 들었다. 그랬지만 그만큼의 행복도 맛봤다. 그래서든 부모 펭귄으로서 더 함께했으면 싶지만, 그래서는 네 장래가 망할 수도 있겠다는 생각이 들어 함께할 수만은 없을 것 같다. 그러니 너를 낳고 키운 엄마 아빠 펭귄으로서 미안하지만, 이제부터는 헤어져야 할 것 같다. 그러니 이해해라. 우리 펭귄들은 인간들처럼 부모가 물려준 것 가지고 떵떵거리며 살아갈 수가 없다는 것을 알아야 한다. 조물주의 설계이겠지만, 사냥을 할 수 없을 때까지만 부모의 도움이 필요하지 더 이상은 없다. 지금까지 살아온 내 경험으로 볼 때 말이야."

그래, 먹여주지 않아도 숟가락을 들 수 있을 정도가 되어 헤어질 수밖에 없다 해도, 그동안 새끼 펭귄과 함께한 부모 펭귄으로서 아쉬움이 무더기로 밀려오는가 보다. 헤어진다는 것이 슬프지만, 슬픈 기색을 보여주지 않으려고 반대쪽 하늘을 한참이나 바라본다. 너를 떼놓는 건 매정해서가 아니다. 그래, 엄마 아빠가 없는 세상이라 힘들지 모르겠지만, 그래도 홀로 서야 하니 그런 줄 알고, 그 무엇에도 주눅 들지 말고 당당하게 잘살아라. 통역할 수 없는 펭귄들만의 언어로 말하고, 엄마 아빠 펭귄은 새끼 펭귄을 홀로 두고, 다시는 못 만나리라는 몸짓으로 멀리, 아주 멀리 떠난다.

새끼 펭귄으로서는 그동안 부모 펭귄의 보호 아래 영양가 높고 맛있는 것도 배고프지 않게 먹었다. 그렇게 먹이를 가져다주고 보호해주어 감사하지만, 곧 다시 오겠다는 약속도 없이 멀리 떠나가버린 엄마 아빠 펭귄이 못내 서운한지, 홀로 두고 떠나는 엄마 아빠 펭귄을 안 보일 때까지 한참이나 쳐다본다. 새끼 펭귄으로서는 부모 펭귄이 그렇게 떠나버렸으니 홀로 설 수밖에 더 있겠는가. 어떻게든 살아야겠다는 생존본능 때문일까. 몸은 비록 약해도 정신만은 건강해서인지 앞장서기를 게을리하지 않는다.

넘어지고, 넘어지고, 또 넘어진다. 그렇게 넘어져도 부리를 지렛대 삼아 일어선다. 다른 펭귄들처럼 엄마 아빠 맘에 들게 튼튼하게 부화하지는 못했어도, 엄마 아빠 펭귄이 이만큼 키워주셨다. 그랬으니 이제부터는 어느 누구의 도움도 필요 없이 살아가야 한다는 야무진 각오를 한다. 각오지만 두려운 것만은 사실이다. 한없이 넓고 검푸른 저 바다. 거기에는 내가 잡아먹고 살아야 할 작은 물고기들을 포함한 수많은 바다 생명체들이 나름대로들 살아갈 것이다. 그렇지만 너울성 파도는 그런 것은 아랑곳하지 않고 자기 생각대로 넘실거린다.

너울성 파도는 아무리 생각해도 새끼 펭귄을 집어삼킬 것만 같다. 그런 바다를 이 작은 몸으로 뛰어들기에 두렵기만 하다. 두렵다고 해서 여기서 머뭇거려서는 안 된다. 새끼 펭귄은 죽으면 죽으리라는 각오로 거친 너울성 파도에는 질끈 감고 뛰어들 태세다. 어떻게든 살아야 해서 그렇겠지. 다들 뛰어드는데 나라고 뛰어들지 못해서야 되겠는가. 몸이야 비록 작지만 젊음의 기백만은 살아 있다. 그런 기백을 두었다 어디에다 써먹겠는가. 이럴 때 써먹으라고 젊음이 있는 게지. 그래, 너울성 파도지만 용감하게 뛰어들어야 산다는 각오로 바다에 뛰어들고 보니, 왕따를 당하지 않아도 될 새끼 펭귄의 세상이다.

엄마 아빠가 연약한 나를 홀로 두고 떠나신 것이 못내 서운했다. 그렇지만 이제 와서 생각해보니 자립심을 심어주기 위한 것이다. 그러니 앞으로는 엄마·아빠가 걱정되지 않게 보란 듯이 살아갈 것이다. 전진 앞에는 실패도 따를 것이지만 '성난 파도는 일등 항해사를 만든다.'는 말이 생각난다.

계절과 상관없이 항상 춥기만 한 남극에서 살아가는 펭귄들의 세계를 제작진들은 그리도 생생하게 제작했다. 경이롭다. 사진작가들처럼 순간포착도 아니고 장장 6개월 동안을 어떻게 제작했을까? 제작진들이 옆에 없어서 그렇지, 옆에라도 있다면 고맙다는 인사 한번 해주고 싶다. 제작진들에게 아낌없는 찬사를 보낸다.

인간으로 세상에 태어났으면 누구로부터도 보호를 받아야 하고, 몸도 맘도 하늘을 날아야 할 것이 아닌가. 여기에는 가로막을 그 무엇도 있어서는 안 된다. 어린이는 점잔할 수가 없다. 점잖해서도 안 된다. 어린이는 어른들과 달리 뛰어놀기를 좋아해야 한다. 그렇지 않으면 성장에도 지장이 있지만, 심리상태도 지장이 있다. 그러므로 뛰놀 수 있는 놀이기구도 만들어주어야 한다. 부모 말 잘 듣는 아이는 장래가 없다는 것을 부모들이 모르면 안 될 것이다.

그러함에도 여자아이들은 발걸음도 소리 나지 않게 사푼사푼 걸어야 한다고 했다. 그것은 나쁘게 해석해서, 효만 강조해온 양반들의 유교적 사고방식이다.

어쨌거나 세상이 바뀐다는 신호인지 어느 틈에 뛰놀 수 있는 고무줄놀이가 생겼다. 고무줄놀이는 저절로 생긴 게 아니라, 한일합방과 동시에 생겼다. 고무줄 노랫말도 일본말이었음을 보면…. 일본말을 가르치기 방법 수단으로 고안해낸 것이 고무줄놀이라고 봐야 할 것 같다. 고무줄놀이의 유래를 찾아보면 그 노랫말이 일제강점기 훨씬 이전부터 있던 것처럼 묘사되고 있으나, 일제강점기 이전에는 고무줄 자체가 없었지 않은가.

그리 오래지 않은 시절에 부르던 고무줄놀이 노랫말 한 가지를 소개한다.

1) 부엉 부엉새가 우는 밤 부엉 춥다고 우는데

우리는 할머니 곁에 모두 옹기종기 앉아서 옛날이야기를 듣지요

2) 장난감 기차가 칙칙 떠나간다. 과자와 사탕을 싣고서
   엄마 방에 있는 우리 아기한테 갖다 주러 갑니다.

3) 아빠가 출근할 때 뽀뽀뽀 엄마가 안아줘도 뽀뽀뽀
   만나면 반갑다고 뽀뽀뽀 헤어질 때 또 만나요. 뽀뽀뽀
   우리는 귀염둥이 뽀뽀뽀 친구 뽀뽀뽀 뽀뽀뽀 뽀뽀뽀 친구

방정환 선생은 아동문학가로 애들이라는 말은 하대말 같아 좀 높여 어린이라는 말로 불러주자고 했는데, 그렇게 해서 오늘날의 어린이날이 생겨났다.

"어른이 어린이를 내리누르지 말자. 삼십 년 사십 년 뒤진 옛사람이 삼십 사십 년 앞사람을 잡아끌지 말자. 낡은 사람은 새 사람을 위하고 떠받쳐서만 그들의 뒤를 따라서만 밝은 데로 나아갈 수 있고 새로워질 수가 있고 무덤을 피할 수 있는 것이다."

- 방정환 선생의 명언 -

"그래, 괜찮아졌다니 고맙다. 네 친정부모를 속이고 며느리로 삼았다는 죄책감도 있었는데." 그렇게 말한 시어머니로서도 "괜찮아졌으니 그러지 마세요." 하는 며느리 말이 나오기 전까지 얼마나 불안했겠는가. 앞으로 더 두고 볼 일이지만, 지금으로써는 우리 며느리는 어디에다 내놔도 신랑감을 고를 만한 며느리이지 않은가. 이런 며느리를 사기를 치다시피 속여 데려온 것이다.

그래서 온전한 며느리로만 살아줄 것 같지가 않아 도망만 치지 말기를 바람에서 "아가야."라고도 못 하고 좀 높임말로 "애야" 하지 않았는가. 그랬는데 "괜찮아졌으니 그러지 마세요."라는 말 한마디로 며느리가 걱정하는 맘을 풀어준 것이다. 시어머니는 그래서 며느리 손을 붙들고 한참을 쳐다본다. 시어머니 눈에는 눈물이 고인다. 고마운 감정의 눈물일 것이다.

눈물을 구분해보면 다음과 같다.

아이들의 눈물은 불만의 눈물
젊음들의 눈물은 실패의 눈물
노년들의 눈물은 고독의 눈물
사나이의 눈물은 우정의 눈물
여성들의 눈물은 원망의 눈물
남편들의 눈물은 이혼의 눈물
아내들의 눈물은 속상한 눈물
아버지의 눈물은 미안한 눈물
어머니의 눈물은 사랑의 눈물
딸내미의 눈물은 효심의 눈물
연인들의 눈물은 비정의 눈물
며느리의 눈물은 미움의 눈물
기독인의 눈물은 회개의 눈물

"여보, 미안해하지 말아요, 솔직히 처음에는 싫었지만 이제는 괜찮아졌어요. 장애는 당신 잘못이 아니잖아요. 이제부터는 기죽지 말고 당당하세요."

장애인 남편에게 아내란 어떤 존잰가. 말할 것도 없이 부모보다 더 편안하게 보호해주어야 할 절대적 존재다. 아내로서 그런 존재임을 망각하면 가장 미운 사람이 아내가 되지 않을까. 물론 남편도 마찬가지겠지만 말이다. 어쨌든 생각해보면 부부관계는 가장 좋은 관계고, 가장 나쁜 관계다.

세상살이 뭐 별건가. 별거 아니다. 가정을 책임진 남편이지만 자기 기분 내키는 대로 못살게 굴지만 않는다면 그런대로 살아볼 만한 세상 아닌가. 남편이, 아내가 자신을 위해 살아주리라는 사람은 누구도 없겠지만, 몸짓은 달라 보여 안타깝다. 그러지 않으려는 맘만 있으면 고맙게 못 할 이유가 없다. 힘들 필요도 없다. 웃어만 주면 되는 것이다. 웃어주어 남편이 좋아한다면 내가 싫을 수 있겠는가. 그렇게 해서 남편 기분을 살려주어야 남편이 웃을 거고, 남편이 웃으면 나도 웃을 수 있지 않겠는가. 가정의 평화는 웃음소리가 얼마나 명랑하냐에 있다. 그렇다면 가정 평화를 위해 나는 웃을 것이다. 괜찮은 생각이 이제 떠올라 다행이지만, 내가 웃지 않으니 온 식구가 우울증에 걸린 사람들처럼 말문을 아예 닫고 있지 않은가.

시집오기 전 친정에서는 "너는 무엇이 그리도 좋아 여자애가 소리를 내면서까지 웃느냐?" 하고 아버지로부터 핀잔도 들었다. 여자가 얌전치 못하게 껄껄 웃는다고 말이다. 그렇게 보면 그동안 명랑하게 자란 것 같다. 그렇게 아버지가 웃을 수 있도록 가정 분위기를 만들어주었기 때문이다. 친정아버지는 여느 아버지와는 좀 다른 면을 가지고 있었을까. 딸이 활발하게 노는 것을 좋아하셨다. 그랬는데도 많은 사람이 축하의 맘으로 지켜보는 성스러운 혼례식에서 신부 족두리를 벗어 내던진 것이다. 만약 고약한 성격의 아버지였다면 무서워서도 족두리를 벗어던질 생각이나 했겠는가.

"아버지, 천방지축으로 뛰놀던 저를 야단도 안 치시고 그동안 잘 키워주

서서 감사했습니다. 혼례식 때는 아버지를 속상하게 해드렸지만, 이제부터는 걱정 안 되시게 잘살게요."

그런 생각이 어디서 나올까. 속상했던 그동안의 맘이 편안해진다.
"여보, 고맙소. 그동안은 색시가 너무 무서웠는데…."
혼인했지만 합방 없이는 진정한 부부일 수 없다. 같이 눕기는 하지만 합방은 생각지 못한 상태. 색시가 속아 혼인을 했으니 그만두겠다고 해도 무슨 말을 하느냐고 할 수도 없을 것이다. 남편은 이런 불안한 분위기에서 그동안 바라던 말을 했는데 어찌 고맙다 하지 않겠는가.

신혼부부는 아기 만들기에 열중해야 한다. 그래서 아내는 특별 베개도 가지고 왔다. 그랬지만 심하게 토라진 새색시를 끌어안을 수 있겠는가. 그래서든 불안, 불안했는데 이제야 살 것 같다. 고맙다. 정말이다. 나 같은 장애인에게 어떤 색싯감이 시집오겠는가. 때문에 부모님은 나이 찬 자식이라 장가만이라도 보내야겠다는 생각에서 색시 부모를 속인 것이다. 세상을 살다 보면 크고 작을 뿐 억울한 일이 얼마든지 있다. 억울함을 극복하면 행복을 맛볼 수 있지만, 극복하지 못하면 행복은 내 것이 못 될 것이다. 친정부모의 실수로 시집을 잘못 가서 억울했지만, 억울한 것을 극복하니 결국에는 누구도 누리기 어려운 행복을 누리고 있다.

그렇게, 그렇게 살다 보니 세월은 노년 쪽으로 흐른다. 그렇게 흘러서 어디로 갈지 계산이 필요 없다. 인생 종말이다. 아니라고 할 수 없는 인생의 종말. 그런 종말 앞에 우리는 서 있다. 착각하지 마라. 키 크고 잘생긴 남성, 예쁘고 날씬한 여성, 그것은 곧 사라질 안개일지니. 결코 축하할 수 없는 장례식

장을 그대는 운영하고 있는가. 싫겠지만 그런 운영도 내려놓고 오기를 장례
식장은 기다릴 것이다.

시동생과의 대화

"아버지! 어머니! 저 시집에서 잘살게요."

먹골 댁은 친정부모님을 뵐 때처럼 떠날 때도 그렇게 큰절을 올리고 동네가 보이지 않을 때까지 뒤돌아보고, 또 돌아본다. 친정부모도 "그래, 조심해서 잘 가거라." 하고 손을 흔들며 눈물을 흘리신다. 부모와 자식, 자식과 부모, 삶의 애환이 여기에 다 뭉쳐 있는 것이 아닐까. 그래, 친정부모로서는 딸이 보이지 않을 때까지 배웅한다.

이런 배웅이 일반적일 수 있겠는가. 영원하리라는 생각은 아니었겠지만, 혼인으로 인해 부모님 품을 떠나는데 말이다. 다시 헤어져 서운한 맘짝이 없지만 친정동네를 한참 벗어나서야 먹골댁은 말문을 연다.

"도련님, 도련님은 장가를 언제쯤 가실래요?"

이 말을 꺼내기 위해 좀 가까이 따라붙는다. 남녀 간엔 걸을 때도 예를 갖춘다. 그 때문은 아니지만 맨 앞에는 큰 머슴 작은 머슴, 맨 뒤는 먹골댁이 걸어간다. 일반적일 경우 나이를 따지지 않고 여자가 뒤를 따른다. 그것은 뒷모습이 성적으로 보인다는 데 있다.

"아직 어린데 장가는 무슨 장가요, 장가 생각 못 해봤어요."

"그렇지만 도련님은 나보다 한 살 아래, 지금 열여섯 살 아니에요?"

"그래도 아직은 아니에요."

"아니라고만 하지 마세요, 형님 나이에 간다 해도 설 명절 몇 번만 세면…"

"그렇기는 하지만…"

시댁에는 남자 형제들도 있어 아랫동서를 맏동서가 찾아보면 어떨까 싶다. 어느 시대든 시댁 집안의 열쇠는 맏며느리가 쥐고 있다고 해도 과언이 아니지 않은가. 때문에든 아랫동서 감을 찾아보는 일은 맘으로는 그렇게 어렵지만 않은 일로 여겨진다. 복은 자신이 만든다는 맘으로 맏동서가 맘을 써서 인연으로까지 엮어진다면, 집안의 어려운 문제도 잘 풀릴 수도 있으리라는 생각이 든다.

나 살기도 바쁜 현대사회에서도 맏동서가 아랫동서를 찾아 인연으로까지 엮여 맞나게 살아가고 있다는 얘기를 나이가 같은 5촌 고모로부터 듣는다. 맏며느리라면 이런 사례를 맘속에 간직해두어도 되지 않겠는가.

"형수 생각인데, 도련님 색싯감 내가 찾아 소개해도 되겠어요?"

그럴지라도 하고 싶은 말을 중단하기는 너무도 아까워 같이 따르면서 대꾸한다.

"에이, 형수님도…"

"아니에요, 도련님만 싫지 않다면 자신 있어요."

시동생에게 말한 것을 혹 시부모님이 알기라도 하면 소박맞을지도 모르는데, 겁도 없이 말한 것 같다는 생각이 드는지 뒤를 한번 돌아본다. 뒤에 따라오는 사람은 아무도 없다. 시아버지는 훈장님이기도 하지만, 여느 어른들과는 생각이 다르신 것 같다. 며느리를 글공부시키겠다는 말씀이고 보면. 시동생에게 한 장가가는 일에 대한 말이 비밀이 될 수는 없을 것이다. 그러나 갓 시집온 며느리로서는 조심해야 할 말이다.

동서끼리는 한솥밥은 아니어도 한 식구처럼 살아가게 되지 않는가. 그러기에 아래 동서만은 자기 맘에 들어야 한다. 동서끼리의 의는 집안 분위기를 살리느냐 죽이느냐의 문제다. 작은아들 집은 부모 집 바로 곁에다 지어주는 것이 거의 일반적이다. 논밭을 나눠주어야 하기 때문이다.

"…"

형수가 꺼낸 장가 얘기는 시동생으로서는 생각지도 못한 엉뚱한 얘기다. 그렇지만 열여섯 살이면 예쁜 여자가 좋아 보이는 나이이지 않은가. 예쁘게 보인다는 것은 장가갈 때가 되었다는 얘기다. 그게 생물학적 본능이긴 하지만 형수 말에 본심을 보여주기는 아무래도 껄끄러운 것 같다는 표정이다.

그렇지만 장가 문제는 지각이 뛰어난 현대적 생각일지라도, 그런 생물학적 본능을 살리기는 당사자의 의지와는 상관없다. 부모가 말해서든 중매쟁이가 들락거리든, 사주는 맞나 안 맞나 보고서야 비로소 장가를 가게 되지 않는가.

"도련님, 이 형수 말 듣고 있어요?"

먹골댁은 열여섯 살에 혼인했지만, 해가 바뀌어 이젠 열일곱 살이다. 한 살 더 먹었다고 생각의 변화가 크게 달라지겠는가. 하지만 열여섯 일곱 나이를 현대 잣대로 보면 안 된다. 여자아이라면 말하기 시작부터 어른 되기를 부모로부터 배운다.

어린이들의 놀이 자체가 길쌈이고, 예절이 아닌가. 그러기에 열일곱 살

나이가 되면 옷도 만들 줄 알아, 시아버지 두루마기도 만들어드리기도 해야 한다. 그걸 모르면 친정에서 그것도 못 배웠냐는 말을 듣는다.

시대가 바뀌기는 했지만, 생각을 해보면 산업사회 이전의 남자들은 무거운 짐을 져 나르고 논밭 갈이를 해야 해서 근력을 키워야만 했다. 근력으로 새경(몸값)을 매기는 저울도 있는데, 맷돌 같은 무거운 돌을 얼마나 높이 드느냐에 따라 벼 몇 가마(연봉)짜리라고 했다. 그래서 새경을 많이 받기 위해 맷돌 드는 연습을 피나게 하기도 했다. 추석 명절에는 근력을 가늠하는 행사도 있었다.

벼슬을 꿈꾸고자 해서는 아닐지라도, 바라던 아들로 태어났다 해도 희망이라고는 전진이 아니라 장가들어 아들을 많이 두는 것이 전부라고 해도 과언이 아닌 시대였다. 그것을 오늘날에서 생각해보면 거짓말 같지만, 부정할 수 없는 사실이고 그것이 조상들의 삶이었다.

생각에 따라 다르겠지만, 오늘날에도 아들 후손이 없으면 어딘가 모르게 허전하다는 말을 듣는다. 그래, 허전할 수도 있다. 인정한다. 그렇지만 며느리 앞에서 눈물을 보이면 밉다는 태도 아닌가. 그런 시아버지를 효로 모시겠는가 하는 생각을 해봤는가. 아무리 엉터리 생각일지라도 말이다. 지인의 얘기다.

새댁인 먹골 댁은 한 남편의 아내요, 시부모의 며느리다. 어른들의 삶을 이어받아 살아가야 하는 사람이다. 때문에 듣고 있는가를 묻는 것이다.

"예."

시동생은 단답이다.

"도련님은 저의 친정 동네를 봐서 알겠지만, 동네가 커서 몇 년 안에 시집을 가야 할 신붓감이 여럿 있어요. 내 맘에 드는 신붓감도 있어요. 물론 도련님 맘에 드는 신붓감이어야 하겠지만 말이에요.”

“…”

형수의 장가 얘기가 싫지는 않아도 딱히 할 말이 없다는 표정을 짓는다.

“여자나 남자나 나이가 차면 혼인을 해야 하잖아요. 물론 내가 알아서 할 수는 없어 부모님이 정해주어야 하겠지만요.”

장가 얘기를 이렇게 진지하게 해도 시동생은 이렇다저렇다 아무 말이 없다. 듣기 싫다는 뜻은 아니겠지만, 말하는 형수 입장도 생각해주었으면 좋겠다. 그렇다. 장가는 본인의 의사와는 상관없고 부모의 결정 사항이 아닌가. 그렇지만 들을 귀도 없는데 혼자만 말하는 것 같아 답답하다.

“…”

“내가 혼인을 하고 보니 맘씨 좋은 동서 감이면 해서요.”

“…”

“도련님은 어떨지 몰라도 나는 내 맘에 드는 동서를 얻고 싶어요.”

“…”

“동서끼리 좋으면 아버님 어머님도 ‘그래, 보기 좋다’ 그러지 않으실까요.”

“…”

“가정의 평화는 새로 들어온 나 같은 여자가 만들어야 한다고 생각해요.”

시동생은 장가 얘기를 어떻게 듣고 있는지 몰라도, 오는 길 내내 얘기하다 보니 삼십여 리나 되는 결코 가깝지 않은 거리임에도 언제 집에까지 왔는가 싶게 금방 온 것 같다.

친정에 같이 다녀오는 일행이 동네 입구 가까이에서 다다르자 시동생은 앞장을 서 뛰다시피 간다. 시부모님은 며느리가 언제쯤 올지 시간은 몰라도, 지금쯤 오리라는 짐작만으로 동구 밖만 내다보다 반기신다.

"아버님 어머님, 저 잘 다녀왔어요."

며느리는 큰절한다.

"그래, 잘 다녀왔냐. 친정부모님은 평안하시고?"

시부모는 인사를 받고.

"아버님 어머님, 인제 와서 죄송합니다."

오늘 오겠다는 말은 남편을 통해 말씀드려 알고 계실 테지만, 시부모 허락도 없이 하루를 묵고 온 것은 말도 안 되는 일이라 소박맞을 것이라는 것을 먹골 댁도 잘 안다. 그렇지만 친정에서 있었던 일은 잘한 일로, 야단이 아니라 시부모님도 이해해주실 것으로 며느리는 내심 믿는다.

"아니야, 네 남편이 말해서 알고 있었다. 잘했다. 잘했으니 미안해하지 마라. '혼례식장을 망친 것이 동네 분들에 너무도 미안해 사죄드리고 싶은데, 그러려면 하루를 묵어야 할 텐데…' 하고 걱정하더라는 말을 네 남편이 하더라. 그래서 하루를 묵고 오라는 말을 하려다 안 한 것뿐이다.

친정부모님이 다 드시기에는 너무 많을 수도 있는 음식을 왜 만들었겠니? 친정 동네 분들에 사죄의 인사를 드리라고 만든 음식이지. 그런 음식을 친정에 도착하자마자 드릴 수는 없지 않겠니? 앉혀놓고 말하기는 좀 그렇다만, 너는 누구보다 똑똑하다는 생각에…."

친정에 다녀온 며느리 앞이지만 생각해보면 어떻게 얻은 며느리인가? 못 살겠다고 도망만 안 쳐도 다행으로 알아야 할 며느리가 아닌가. 세상에 우리 며느리처럼 똑 부러진 며느리도 있을까. 자랑하고 싶은 며느리다. '내가 찾아가서 사죄드려야 할 일을 네가 대신했구나. 그래, 잘했다.' 시부모는 그런 눈빛이다.

"아버님, 이 술은 인삼주랍니다."

"그래…, 한잔하자."

며느리가 따라준 술이 어떤 술인가. 시아버지는 맛나게 마신다.

"어머님도 한잔 따를까요?"

"나는 아니…."

시어머니는 훈장인 영감을 쳐다보면서

"그래, 따라라. 임자, 이 술은 안 마실 수 없는 술이오. 받으시오."

며느리 앞이지만 마셔도 괜찮은 술이라는 말씀이다.

"아버님 어머님이 드실 만한 것도 못 가져오고, 푸진 거리만 이렇게 가져왔어요."

방 빗자루, 무말랭이, 말린 고구마 순, 고사리, 텃밭에 있는 더덕 몇 뿌리, 따라드리는 인삼주…. 너무 후진 것이라 죄송하다는 표정을 며느리는 짓는다.

"아니야. 보내주시고 싶어도 시간이 없어 뭘 보내시겠니. 우리 동네처럼 해산물이 흔한 지역도 아니고 말이다. 그나저나 뭘 이렇게 많이도 보내셨냐. 혹시 다 보내신 건 아니냐? 보내시더라도 조금만 보내시고 잡수시지…. 얘야. 오늘 저녁은 친정부모님이 보내주신 거로 반찬을 해먹자."

시아버지로서는 며느리 너만 예쁘면 됐지, 푸진 거리면 어떻고 빈손이면 어떠냐는 말씀일 것이다.

"예, 아버님. 그렇게 할게요."

말도 없이 그렇게 다녀왔느냐고 야단맞을지도 모른다는 약간의 불안감도 있었는데 되레 칭찬을 해주시다니. 그래, 모르는 것은 어머님께 여쭤봐 맛있게 만들자.

"여보, 나 친정에 다녀왔어요."

불편한 몸이지만 그래도 마중을 나와 눈인사만 했다. "그래, 잘 다녀왔어? 혼자 다녀오게 해서 미안해…" 한다. 남편으로서. 사위로서, 같이 가지 못한 것이 얼마나 미안하겠는가.

부부간에도 언어 예의를 지키는 것은 당연한데, 어떤 호칭이 맞는지 알기도 어려운 시대를 우리는 살고 있다. 그래서 호칭을 잘못 쓰면 저의가 없더라도 듣는 쪽에서는 무시당하는 감정을 가질 수도 있다.

어쨌든 금실 좋은 부부가 되기 위해서는 서로가 예의를 지키며 격에 맞는 호칭을 써야 할 것이다. 사람을 가리킬 때 가장 혼란스러운 호칭이 남편과 아내에 대한 호칭이 아닐까. 하기야 시대가, 시대라서 호칭에 대해 가르쳐주는 사람도 없어,

너 나 없이 모르고 살아들 가니 흉이 안 될 수도 있지만, 시부모나 친정부모 앞에서 '오빠'라는 호칭은 적절하지 않다. 올바른 호칭이 오늘날에는 소용 가치가 떨어지기는 해도 남편에 대한 호칭을 살펴보면 다음과 같다.

여보, 아무개 아버지(아버지라는 지칭은 젊어서는 아니다), 아무개 할아버지 등. 어렵고 복잡하지만, 남편을 '아빠'라고 하는 부분과 성인이 '아빠'라고 하는 부분이다. 이런 호칭은 잘못이니 사용하지 말아야 한다. 남편을 소개할 때도 그렇다. 사장님, 박사님, 교수님, 부장님 등 직함 호칭도 듣는 입장에서는 거북하다. 이런 호칭에 있어 성직자는 다름을 알아야 할 것이다. "예, 변 서방이세요? 어데 아픈 데는 없고 평안하세요?" 처형의 전화다. '변 서방'이라는 호칭으로 부르는 것은 장인 장모 서열만 가능하고, 고모부, 이모부라는 호칭도 나이가 젊지 않으면 고숙(姑叔), 이숙(姨叔) 그래야 한다.

"나 당신 맘 다 알아요."

몸이 불편해서 그렇지, 처가에 가고 싶은 맘 얼마나 컸겠는가. 너무도 짠하다는 맘에서 나온 말이다.

"그래, 색시가 내 맘 어찌 모르겠어. 그래도…

색시와 같이 가서 이렇게 된 것이 죄송했다는 사죄의 인사도 드렸어야 했는데, 그럴 수가 없었다는 것이 어찌 미안하지 않겠는가. 미안함이 크다는 맘인지, 누구도 인정하는 자기 색시 손이지만 손을 못 붙들고 눈가에 이슬만 맺힌다.

"나 많이 기다렸어요?"

혼인하고 첫 친정 나들인데 다녀오겠지…. 어찌 그렇게만 생각했겠는가. 쉽게 열 줄 모르던 맘을 열어주어 행복해하는 신랑이라는 것을 알고 있는데 말이다.

"그걸 말이라고 해! 그래, 얘기는 다음에 하고, 그만 일어나 어머니한테 가봐. 너무 오래 있으면 어머니 눈치가 보이지 않겠어?!"

"알았어요."

친정에 다녀온 얘기가 너무도 많아 얘기를 조금만 더 하고 싶다. 하지만 남편 말대로 아무리 부부간이지만 대낮이라 시부모님이 싫어하실지 몰라 먹골 댁은 곧 나간다.

어디 전날 얘기만인가. 퀴어 축제니 동성결혼 합법화라니. 성이 개방되다시피 된 현대사회이지만, 한 이불 속에서 몸을 비비고 살아가는 부부라도 부모가 계신다면 공개되지 않은 자리에서는 대낮이라는 점을 감안해야 한다. 역사적으로 고려에서 조선으로 바뀌면서 부부간 도덕적 기준은 부부유별이지 않았는가. 그것이 유교적 지침이기는 해도 무시해서는 안 되는 것이다. 그러함에도 시부모님 앞에서 아무 부끄럼도 없이 하얀 허벅지가 훤히 들여다보이는 찢어진 청바지 차림을 하는 것은 아무래도 아닌 것 같다. 걸레 같은 청바지는 남성들로 하여금 성적 충동을 일으킬 수도 있는 민망한 차림새다. 물론 무더운 여름날 긴 바지는 보는 사람도 덥다는 느낌이라, 길거리에서는 그런대로 봐줄 만도 하지만 말이다.

시어머니 곁에 눕다

혼인을 했으면 아무리 힘든 시집살이라도 세상 떠날 때까지는 참고 살아야 한다. 처녀 때는 시집가게 되겠지 하는 정도만 생각했는데, 시집을 와서 보니 시집살이가 가벼울 수가 없다. 모두가 무거운 짐들이다. 이것들을 가볍게 감당할 수 있는 방법은 없을까 하고 먹골 댁은 생각하게 된다. 그래서 큰맘 먹고 말한다.

"어머님, 오늘 밤은 어머님 곁에서 자면 안 될까요?"
"아니, 너, 그게 무슨 소리야? 그건 말도 안 된다, 네 남편하고 자야지."
시어머니로서는 말도 안 되게 들리는 느닷없는 말이다. 듣도 보도 못한 시어머니 곁에서 자겠다니. 아니, 제 남편이 장애인이라 합방도 싫다는 거야, 뭐야?
"저에게 말했어요. 어머님 곁에서 자고 싶다고, 오늘 밤만요."

부모 앞에서 남편을 말할 때는 '저'라고 해야 했는데, 본래는 한자로는 계(係)

다. 그렇지만 '걔'라고 하기에는 어감이 안 좋아 '저'라고 하는 것이다. 오늘날 부부간의 호칭이나 지칭은 인터넷에 다 있다.

시어머니 곁에서 자는 문제를 놓고 남편에게 이유를 말했다. 시어머니 곁에서 자겠다는 것은 안 되는 일은 아니지만 있을 수 없는 일이라, 시어머니는 당연히 깜짝 놀라신다. 모르기는 해도 동네에서는 내가 처음이 아닐까. 이런 생각도 그냥 생긴 게 아니다. 시집살이는 자식을 낳고 살기 전에는 새로운 환경이다.

거기다 전혀 파악되지 않은 시부모님 성격, 그런 시어머니 맘을 사야 덜 힘들 거라는 친정어머니의 말씀이 귀에 꽂혔기 때문이다.

"그래도 그럴 수는 없다. 네 방으로 어서 가 자거라."

고마운 말이기는 하나 그러라고 어떻게 하겠는가. 제 남편과 함께하도록 해야지… 그렇지만 며느리가 더 예뻐 보이는 것만은 사실이다.

"어머님 숨소리와 제 숨소리가 얼마나 곱게 조화를 이루는지 알고도 싶어서 그래요, 어머님."

"얘야, 나쁘지는 않지만, 그것은 아닌 것 같다. 네 맘만 받겠다."

"어머님이 나쁘지 않으시다면 다 됐습니다."

"다 되기는 뭐가 다 돼?"

"저는 친정어머니 숨소리만 들어서 그런지 친정어머니 숨소리가 생각나요."

"이거야, 정말…"

"어머님의 며느리가 되기 전까지는 그랬지만, 이제부터는 어머님의 숨소리를 듣고 싶어요."

"허허…"

이러다간 언젠가 네가 이 시어미를 올라타는 거 아냐? 그렇지만 안 된다고 딱 잘라 말하기엔 며느리가 예쁘기만 한 걸 어쩌랴. 그래서 웃어넘기면서 며느리 손을 붙든다.

"어머님 곁에서 자는 것을 허락하신 줄로 알겠습니다."

"얘야, 네 손이 이리도 부드럽냐?"

"어머님, 제 손이 부드러우세요?"

"부드럽고, 말고…."

그래, 손도 부드럽지만 네 맘이 더 부드럽다는 기분으로 말한다.

"어머님 손도 젊었을 적에는 제 손처럼 부드러웠지만, 그동안 일만 하시느라 손이 아주 거칠어진 거예요."

시어머니는 친정어머니와 같은 연배라는 생각에 싫지 않으신 것 같다.

"야, 나도 너 때는 손이 이렇게 부드러웠을까?"

그래, 이제 갓 서른아홉 나이인데 손이 거칠어졌다니. 환갑을 넘게 살기가 쉽지 않던 시대에서 서른아홉 나이는 요즘으로 환갑에 가깝다. 그래, 환갑 말이 나왔으니 말이지만, 남자의 경우 1940년대만 해도 환갑까지 살면 장수다. 회갑잔치란 돌아가시기 전에 대접 한번 해드린다는 대접상이 아니었던가. 칠십 나이까지도 살았지만 그렇게까지 살기는 드문 일이라 해서 고희(古稀)라고 했다.

"어머님, 저는 엄청 행복해요."

"그래, 행복하다니 다행이다. 그렇지만 솔직히 말해서 처음에는 네 눈치가 보였다."

진심이다. 장애인인 줄 알고서 혼인을 했다 해도 싫을 수 있을 건데, 그렇지 않은 사기를 치다시피 며느리로 삼았으니, 딴 맘이라도 먹을까 봐 어찌 불안하지 않았겠는가.

"그러셨어요? 이제는 괜찮으시고요?"

밝지 않은 호롱불이지만 시어머니의 표정을 읽는다(등유로 된 호롱불이 생기기 시작은 1870년대 석유가 들어오면서부터이다. 당시가 아니라도 형편이 어려운 집은 1950년대까지도 등유가 아니라 참기름을 사용했다. 참기름을 아끼기 위해 저녁밥을 해지기 전에 먹었다).

"네가 내 며느리가 안 되었으면 어쩔 뻔했냐."

집안의 장애인은 큰 흉으로, 조상의 묘를 잘못 쓴 탓에 벌을 내린 것으로 여겼다. 고칠 수 없는 장애인이라면 차라리 없어지기를 바라기도 했다. 장애인은 그렇게까지 천대를 받았는데, 그렇게 된 데는 어머니가 죄인이다.

그래서 장애인은 장가는커녕 그런 자식을 낳은 부모로서 맘고생이 얼마나 많았던가. 그렇게 보면 며느리를 되레 모셔야 할 입장이 아닌가.

"어머님, 그런 말씀을 하시니 저(남편)에 대해 말할게요. 너무 미안해하는 것 같아 말했어요. 장애 때문에 미안해하지 말라고…. 장애가 그렇게까지 미안해할 일이냐고요. 정작 미안해야 할 사람은 몸 불편한 장애인이 아니라. 인정해주기 싫은 잘난 체하는 인격 장애인이라고 말이에요."

인격장애인이라는 말이 나왔으니 한마디 하려 한다. 오늘날의 지식수준은 너나 없이 교수 수준으로 가르치려 드는 태도들만 취하고 있다. 안타깝다. 우리는 지식인을 말한다. 그렇지만 지식인은 아는 것을 행동으로 보여주는 것이지, 가르치려 드는 것을 말하지 않는다. 그러니 공부를 많이 했다면 물어볼 때만 말해주어라. 그것이 지식인의 자세다.

물론 강단에 서 있는 강사나 성직자들을 말하는 것은 아니다. 현대과학으로 봐야겠지만 어떤 길이든 길을 알려주는 '내비게이션', 세상 모든 것을 말해주는 '인터넷' 우리는 이런 시대를 살고 있지 않은가. 그러니까 지식인이 따로 있어야 할 필요를 못 느낀다는 것이다.

"그런 말까지 했다고?"

"예, 어머님, 저(남편)도 어머님도, 아버님도, 도련님도, 얼마나 좋은지 몰라요."

이런 생각이 있기까지는 친정부모로부터 배운 『명심보감』 때문이 아닌가.

父兮生我 母兮鞠我 哀哀父母 生我勞欲 報深恩 昊天罔極

(부혜생아 모혜국아 애애부모 생아노욕 보심은 호천망극)

아버지가 나를 낳으셨고 어머니가 나를 기르시느라 애쓰셨다. 그 깊은 은혜를 갚고자 할진대 넓은 하늘처럼 끝이 없구나.

孝子之事親也 居則致其敬 養則致其樂

(효자지사친야 거즉치기경 양즉치기경)

효자는 어버이를 섬김에 있어 평소에는 공경을 다하고 음식을 드릴 때 즐겁게 드실 수 있도록 하라.

炳則致其憂 喪則致其哀 祭則致其嚴

(병즉치기우 상즉치기애 제즉치기엄)

병에 걸리시면 진정으로 걱정하고, 돌아가시면 그 슬픔을 다하며, 제사는 지극히 엄숙하게 모셔야 한다.

父母在 不遠遊 遊必有方

(부모재 불원유 유필유방)

부모님이 살아 계시면 멀리 놀러 가지 말고, 먼 곳에 갈 일이 있으면 반드시 그 행방을 알려야 한다.

父命召 唯而不諾 食在口則吐之

(부명소 유이부낙 식재구즉토지)

아버지가 부르시면 머뭇거리지 말고 즉시 대답하고, 음식이 입에 있다면 뱉어라.

"네가 좋으니까 온 식구가 다 좋은 거지, 나는 그렇게 생각한다."

시어머니는 조상님이 내려주신 복인지는 몰라도, 행복이 넝쿨째 굴러온 것처럼 좋으신가 보다.

"어머님, 제 생각을 더 말씀드려도 될까요?"

"그래 무슨 말이라도 해라, 걱정 말고."

그래, 네가 우리 집안을 어지럽히지만 않는다면, 모든 것 다 줄 수도 있다는 어투다.

"다름이 아니라…."

시어머니는 무슨 말이든지 해도 된다고 하시지만, 그러나 어른들의 영역을 며느리가 범해서는 안 된다는 생각 때문에 주저주저한다.

"우리는 이제부터 불편한 고부끼리가 아니다. 너는 이 시어미가 좋고, 나도 네가 좋다면 무슨 말을 못 하겠니. 무슨 말이든지 해라."

무슨 말을 하려고 그리 뜸을 들이는지는 몰라도 나쁜 말은 아닐 것 같다.

"친정에 다녀오면서 한종이 도련님과 나눈 얘긴데요."

"그래? 네 시동생 한종이랑 나눈 얘기?"

"한종이 도련님이 올해 열여섯 살이잖아요? 그래서 장가가는 일에 대해 물었어요."

"그래, 물었더니?"

작은아들 장가 문제는 영감님의 절대 권한인데, 며느리가 꺼내려 하다니? 말도 안 되지만 단둘이만 있는 자리에서 며느리 말을 가로막기는 아닌 것 같다.

"이제 열여섯 살인데 장가는 생각도 않고 있다고 하대요."

"그래 이제 갓 열여섯 살인데 장가 생각을 하겠느냐?"

"그래서 부모님만 허락해주시면 도련님 색싯감은 이 형수가 찾아봐도 되겠느냐고 물었지요."

"아니, 뭐야?"

이 애가 지금 무슨 소리를 하고 있는 거야? 어른들이 맺어주어야만 되는 게 혼인인데, 너도 어른들이 맺어준 내 며느리가 아니냐? 심성이 예쁜 것으로 봐서 수백 년을 지켜온 혼례 윤리를 깨부수자는 것은 아닐 테지만, 시부모가 허락한다 해도 그렇게까지 하는 것은 사회적 분위기로 봐서도 있을 수 없는 일이다. 천민들이나 하는 짓인 어마어마한 일인데 말이다.

"대답 없이 빙그레 웃기만 했어요."

며느리는 시어머니의 표정을 읽는다. 좋은 일이라도 어른들이 해야 할 말을 며느리가 나서는 것은 집안을 어지럽히는 일일 수도 있어, 말을 해놓고도 야단맞을까 봐 조마조마한지 시어머니 눈치를 본다.

"그렇겠지, 이제 갓 열여섯 살인데."

"어머님."

"왜?"

"어머님이 사랑해주시는 며느리지만 나이도 어린데 도련님 장가 문제까지 말하는 것은 큰일 날 일이지요, 어머님?"

"큰일 날 일까지는 아니라도, 며느리가 그런 말까지 했다는 말은 어디서도 못 들었는데, 어쩐지 겁부터 난다."

"어머님, 죄송해요. 조심스럽지 못해서,"

"아니야, 네가 이 시어미를 믿으니까 그런 말이 나오는 게지."

"어머님을 믿어도 할 말이 있고 없고 그럴 건데…"

시어머니는 야단치지 않고 며느리 말을 들어주신다. 왜일까? 며느리에게는 어디까지나 종 다루듯 이래라저래라 해도 될 시어머니지만, 장애인 아들 때문에 기가 죽었을까? 아니면 말하는 것이 밉지가 않아서일까? 듣고 보니 맞는 말 같아서일까?

아무튼 세상이 변하고 있는 것만은 사실이다. 며느리는 나이를 먹어도 시부모 말에 절대 순종하는 것이 맞고, 집안을 위해서는 죽는 날까지 제사까지도 지극 정성을 다해 모셔야 한다. 그것을 어기는 날엔 소박맞을지도 모르는데 말이다.

"그렇기는 하다만…."

삼강오륜이 살아 있는 엄중한 시대에 며느리 말을 인정하자니 집안 어른인 영감이 있지 않은가(나이 사십 대부터 영감 대접이었다)? 그렇지만 며느리는 하는 짓마다 예쁘다. 제 남편을 장애자로 여기지 않고 어른 대접하듯 하는 걸 보면 대견해서, 이런 며느리 있으면 한 번 나와보라고 자랑하고 싶은 게 지금의 마음인데 어찌 아니라고 하겠는가.

"아직은 아니지만 친정동네에 몇 년이면 혼인해야 할 아가씨들이 여럿 있는데, 그중에 맘에 드는 아가씨도 있어요."

"그래? 그렇지만…."

작은아들이야 건강해서 사주로 골라서 장가를 보낼 수 있기에 큰 아들처럼 걱정은 안 된다. 하지만 며느리의 말을 듣고 보니 틀린 말은 아니라도, 며느리가 제 시동생 색싯감을 말한다는 것은 듣도 보도 못 한 일이 아닌가.

이게 집안이 망할 징조인지 시어머니는 불안한가 보다. "그렇게는 안 돼."라고 말도 못 하고 몸만 뒤척인다. 며느리와 둘만의 얘기로 듣는 것으로 그만이겠지만, 집안어른인 영감이 들으면 노발대발할지도 모른다.

"어머님만 눈감아주시면 저는 좋은 동서를 삼고 싶어서 그래요."

"나쁘지는 않다만 너도 알다시피 그렇게는 안 되겠다. 그러니 없었던 일로 하자. 이런 얘기가 소문이라도 나는 날엔…."

만약이기는 하나 이런 얘기가 소문이라도 나는 날엔 집안 망신은 어두운 밤 모닥불 보듯 할 텐데 하는 걱정 때문이다.

"어머님, 제가 나서는 게 아니라 중매쟁이가 소개한 것처럼 하자는 겁니다."

며느리가 어른들의 생각을 어찌 모르겠는가. 안다. 친정 부모님의 생활을 지켜봐왔는데. 그렇지만 동서만큼은 의가 좋아야 한다. 동서에게 잘해주겠지만, 내 생각에 반대 안 하는 동서라야 한다는 것이 절대적이다. 그래서 집안을 망치는 일만은 피하자는 생각에서 나온 말이다.

"그런 방법도 생각해볼 수는 있겠지만, 그래도 어쩐지 불안하다."

"아버님이 훈장이시기에 제가 진심으로 말씀드리면, 그렇게 할 수만 있다면 하라고 하시지 않을까요?

"글쎄…?"

"생각해보면 동서끼리 오손도손한 게 좋을 것 같아서요."

"동서끼리 오손도손이 좋기는 할 것 같다만…"

한 번도 못 들어본 얘기를 며느리가 쏟아놓는데, 무엇이 무엇인지 잘 모르겠다는 표정이다.

"어머님, 저는 글공부 많이는 못 했어도 친정아버지가 가르쳐주셔서 『소학』, 『대학』까지 공부를 했기에 이런 생각이 떠오른다고 저는 생각해요."

"그래? 『대학』까지 읽었다고?"

"예, 어머님."

"아니, 우리 이럴 게 아니라, 저녁 먹은 지도 한참이니 뭘 먹으면서 얘기하자. 너, 잠깐만 기다려라."

시어머니는 부엌문을 연다.

"어머님, 제가 나갈게요."

"아니야. 넌 잘 몰라. 내가 알아서 가져올게. 걱정 말고 그대로 있어."

"아이고. 어머님 제가 가져오는 건데…."

시어머니가 지금까지의 얘기에 기분이 좋아 가만히 있으라고 하시겠지만, 황송하게 그대로 앉아 있기는 아닌 것 같아 따라나선다.

"저녁에 먹다 남은 것이지만 그런 줄 알고 먹자."

"예, 어머님…."

고부간이란 이런 맛도 있어야 살 만한 세상이지 않겠는가.

"어머님, 어머님께 부탁의 말씀을 더 드려도 될까요?

몸을 시어머니 쪽으로 돌리며 말한다.

"부탁? 그래, 무슨 부탁인지는 몰라도 말해봐라."

아니, 지금까지 한 말도 그동안 상상도 못 했던 말인데, 할 말이 또 있다고? 대관절 네 머릿속에는 무엇이 그리도 많이 들어 있는 게야. 궁금해서도 안 들을 수가 없어 한번 해보라고 한 것이다.

"친정아버지 말씀인데요. '자식을 낳아 키우다 보면 자식에 대한 욕심도 생겨 누구의 집 자식들보다 더 잘 키우고 싶은 맘일 것이나, 맘만으로는 안 되는 것이 자식 키우기다. 그러니 방법으로 다른 집 아이들을 사랑하고 아끼는 것이다.' 그러시대요. 친정아버지로서의 노파심이겠지만, 자식을 낳아보지 않은 저로서는 귀담아 듣지 않을 수 없었어요."

"그래, 좋은 말씀이지."

"친정아버지 말씀대로 동네 아이들을 이름을 불러 안아주기는 하겠으나 제 자식들과 친구로 지내게 하려면 더 이상의 무엇도 필요할 것 같아서요."

"필요한 게 뭔데?"

"자주는 못 해주어도 맛있는 것도 만들어주고 그런 거 말입니다."

"그거야 어렵지 않지, 살림 망하는 일도 아닌데…"

"그래도 그렇게 하는 걸 어머님께서 좋아하셔야 맛있는 것을 맘놓고 만들어주지 않겠어요."

"네 말을 들으니 내 손주 일이라 할미가 만들어주면 더 좋아할지도 모르겠다. 우리 그렇게 하자."

그래, 지금까지도 다른 집 아이들에게 따뜻한 밥 한 그릇 따로 못 주어 미안하다는 생각이 드는 걸까. 머슴을 둘씩이나 둔 훈장집인데 말이다.

"친정아버지께서는 '생활 형편이 나쁘지 않다면, 산모 집의 생활 형편이 어떤지를 봐서 미역 두 줄기, 쌀 몇 됫박은 잊지 말거라.' 그런 말씀도 하셨어요."

"그래, 네 말이 아니라도 우리 집은 훈장집이기도 해서 산모를 위해 오래전부터 그렇게 하고 있다."

"저는 그것도 모르고 말씀드렸는데 벌써부터 그렇게 하시고 계시다니 감사해요, 어머님…"

"감사가 다 뭐냐. 가진 집으로서 당연한 일인데."

우리 집은 논밭이 많은 편이라 농사철에는 온 동네가 우리 집 일에 매달리다시피 한다. 그러니 가만히 있을 수도 없어 쌀 몇 됫박씩은 반드시 주지 않는가. 시집온 지 얼마 안 된 며느리이지만 자랑하고 싶은 맘에서 나온 말이다.

"어머님, 여자는 남자들의 종속물이 아니지요?"

"아니, 그런 말은 왜 또…?"

무슨 말을 하려고 여자는 남자들의 종속물 운운하는 얘기를 꺼내는 걸까?

"어머님, 저는 어른들끼리 주고받는 얘기를 귀담아 들었는데요. 얼마 전 동학을 창도한 최제우를 사도난정(邪道亂政: 세상을 어지럽힌 죄)이라는 죄목을 씌워 죽였다는데요. 최제우는 첫 교화 대상을 자기 아내로 하고, 노비 (노는 남자 종, 비는 여자 종)들을 해방시켜 한 명은 수양딸로, 한 명은 며느리로 삼았다고 하더라고요."

동학사상은 함부로 말할 수 있는 게 아니다. 이 말을 할 때는 피눈물을 흘려야 하고 옷깃을 저며야 할 정도로 엄숙해야 하는 사상이다. 동학은 종교가 아니다. 그런 동학사상이 종교라는 이름으로 명맥이 유지되고는 있지만, 동학은 정치이고 사회변혁이다. 동학은 인내천이라는 말로 대변될 수 있다.

상기한다면 이런 말을 할 수 있었다는 것은 군주를 끌어내리겠다는 의미의 말일 수도 있어, 생명을 내놓지 않고는 할 수 없는 말이다. 그 때문에 결국 최제우는 처형을 당하고 말았다.

당시는 노비는 물론, 농민도 양반 앞에서는 기를 못 폈고, 여자아이는 아예 사람 취급을 안 했다. 이런 잘못된 인식을 바로잡겠다는 각오로 최제우는 말로만이 아니라 실천까지 했다. 이런 사상은 하루아침에 나타난 게 아니다. 민주주의와 사회주의까지 소화한 후 민족적 기반을 토대로 이념을 창출해낸 것이다.

동학은 인간의 평등과 존중을 제1차적 사명으로 하여 봉건주의 무리들과 혁명적 전쟁을 벌였다. 또 일제가 침입하자 당당히 맞서 싸웠다. 그 결과 희생자가 얼마나 많았는지 모른다. 100만 명이 숨져간 것으로 판단한다. 인간으로서 당연한 평등을 위해서 목숨까지 버렸다는 이런 역사적 사실을 우리는 잊어서는 안 된다.

"너는 귀도 밝다, 그런 말을 다 듣게."

말은 그렇게 했지만, 이 며느리가 우리 집안만이 아니라 큰일을 해낼 여걸이 되지는 않을까? 시어머니는 두렵기까지 한가 보다. 그래 한 번 해봐라 하는 생각인지 며느리 손을 꼭 붙든다.

"그래요. 시집을 왔으면 가문을 빛내야 한다는 차원으로든 무엇이든 간에 칭찬받을 며느리로 아내로 살아야겠지만, 그냥 종속되어 살아서는 안 된다고 저는 생각해요."

비록 여자이지만 최제우 사상을 흠모하면서도, 남자로 태어났으면 어땠을까 상상도 해본다. 세상은 남녀 할 것 없이 누구든 평등해야 한다.

우리 집에는 농사가 많으니 머슴이 둘이다. 그렇지만 머슴들은 종에 불과한 대접이다. 그것을 알고 있는 이상 친정아버지 말씀대로 부려먹는 종 대접을 해서는 안 된다는 것이 그동안의 생각이다. 새댁이지만 두 머슴에게 힘든 것이 있으면 무엇인지 묻고 싶고, 먹고 싶은 것은 없는지 묻기도 하고, 이것저것 대접해준다.

"그래, 우리는 지금까지도 남편의 종속물처럼 살아왔다는 생각이다. 그렇지만 우리가 그것을 어떻게 하겠다는 것은 아무래도 아닌 것 같다."

"어머님, 우리가 어떻게 하자는 게 아니라, 어른들의 맘을 사는 것입니다. '그래, 네 말이 옳다' 그런 생각이 드시게 말이에요."

"어른들의 맘을 산다?"

어른들 맘을 사는 것이라는데, 그냥 한번 해보는 말이 아닌 것 같다. 무엇을 어떻게 하겠다는 각오 아닌가. 그래, 아니면 그때 가서 못 하게 가로막더라도 일단은 하도록 두자.

"어머님, 저는 어머님 아버님의 며느리로서 자식만 낳고 그냥 살아가는 그런 평범한 삶이 아니라, 무언가를 만들어 후손들에게 물려주었으면 해요. 쉽게 이루어질 수 없는 욕심이지만, 어머님께 말씀드리는 겁니다."

"…?"

"아버님께서는 동네 분들을 훈육하시는 훈장님이시기도 하지만, 면에서도 대접받으시는 아버님입니다. 면장님도 찾아오시는 걸 보면 말이에요."

"그러기는 하시지. 너는 그런 생각이 대관절 어디서 나오는 거냐?"

"제가 어머님께 불편한 말을 한 것 같은데, 싫으시면 죄송합니다."

"아니야, 싫지는 않지만 네 말이 두렵다."

"제 말이 잘못이면 언제든지 말씀해주십시오. 아무리 좋은 생각이라도 어머님의 맘을 불편하게 해서는 안 된다고 저는 생각하고 있어요."

"불편이 다 뭐냐? 나는 얼마나 행복한지 모르겠다."

"복덩이 며느리라야지, 말썽을 일으키는 며느리가 되어서야 하겠습니까."

"사람마다 생각이 다 같을 수는 없겠지만, 네 생각은 내 생각과 같다."

"어머님, 저(남편)에게도 맘에 들게 잘할게요."

남편 대접은 맘만 있으면 되는 일인데, 그것을 어렵게 해서야 되겠는가.

"그래, 그래야지, 고맙다."

"어머님, 제가 이렇게 말하는 것도 조심스러워야 하는 건데, 너무 나댄다고 하실까 봐 겁부터 났어요."

"좀 그렇다는 생각도 든다, 솔직히. 그렇지만 나는 너를 믿는다. 아직은 누구의 도움 없이도 살아가지만, 곧 노인이 될 텐데, 그때는 너를 의지해야 하지 않겠니?"

"어머님, 곧 노인이 되실 거라는 말씀은 제 맘을 무겁게 합니다. 효까지는 몰라도 섭섭하게 해드리지는 말아야 할 텐데요."

"얘야, 아버님 말씀 들었지, 공부하라고 하신 말씀? 네 생각을 점치고 하신 말씀인지는 몰라도, 네가 글공부를 하도록 이 시어미는 너를 도울 거다. 나도 가르쳐주셔서 『명심보감』까지는 배웠다."

"친정아버지는 훈장은 아니지만, 실력으로는 훈장을 하셔도 될 것 같아요."

"그렇게 훌륭하시면서 왜 그냥 계시지?"

"왜 훈장을 안 하시는지 거기까지는 잘 모르겠어요."

"그래, 얘기하다 보니 밤이 아주 깊어졌다. 남은 얘기는 두고두고 하기로 하고, 이제 그만 자자."

도둑질이나 다름없이 며느리로 삼았으니 말없이 살아주는 것만도 고마운 일인데, 그것도 모자라 냄새가 날 법도 한 이 시어미 곁에 누워 있지 않는가. 지금까지의 얘기마다 얼마나 고마운 말인가. 그런 고마움 때문인지 살붙이 딸이 아님에도 품어주고 싶다. 맘이야 그렇지만 손만 붙든다. 며느리 손은 젖살이 막 오른 백일쯤 된 아기처럼 부드럽다. 그래, 며느리너는 우리 가정을 위해 태어난 여자임이 분명하다. 그렇지 않고서야 그냥 가능하기라도 한 일이냐. 나는 지금 죽어도 웃고 죽을 것이다. 행복하다. 진짜다.

"예, 어머님, 편히 주무세요."

이렇게 되기까지는 갑작스레 된 일이 아니다. 친정부모님의 삶에서 터득한 것이다. 시어머니가 말씀은 안 하시지만 내 손을 만지작만지작하시는 것은 행복하다는 증거 아닌가.

이것이 말만 듣던 인간의 정인가. 나는 시어머니와 이렇게는 처음이자 마지막일 것이다. 그러니 며느리로서 시어머니가 맘에 들게 앞으로도 잘 해드릴 생각이다. 며느리인 나도 행복하다. 자정이 넘은 시각, 고부간의 숨소리만 봄밤 방안을 채운다.

어려운 고부간이라고만 생각하지 마라. 맘먹기에 따라 얼마든지 가까워질 수 있는 고부간이다. 고부간이 불편하다면 현대와 과거라는 시대적 간극에

서 헝클어진 실타래 때문이다.

그것을 풀지 못할 만큼 어려운 문제는 아니지 않은가. 신세대들은 지금 무슨 말을 하고 있는지 허튼소리로만 듣지 말길 바란다. 젊음도 한때라고 한다. 그것을 인정 못 할 이유가 없다면, 좋은 날이 오길 기다리는 맘이면 주변을 살펴라. 도움이 필요한지를…달력에 표시된 연휴만이 아니라도 인천공항은 해외 여행객들로 붐비고, 인천공항공사는 해외 여행객들 때문에 호황을 누리고 있어 국가 경제면에서 나쁘지는 않다. 하지만 그것은 나 혼자만 좋은 것이다. 그러므로 함께할 좋은 일이 있다면 거기에 동참하라. 그것이 자기 삶을 살찌게 할 수 있는 바람직한 일이니.

부부의 정담

"여보, 어젯밤은 어머님 곁에서 자고 왔는데 섭섭하지는 않았어요?"

그러겠다고 사전에 말을 하고 시어머니 곁에서 자고 왔지만, 아내도 없이 혼자 자게 했다는 일말의 미안함도 묻어 있는 말이다.

"섭섭했냐가 다 뭐야. 고마워서 눈물이 다 날 뻔했지. 어머님이 좋아는 하셨어?"

우리 색시는 사람의 옷만 입었을 뿐 천사다. 냄새가 날 수도 있는 시어머니 곁에서 자겠다고 스스로 결정하다니….

장애인이 집안에 있다는 것은 집안이 망할 징조라고, 당사자가 없어지기를 치성도 드렸다면 거짓말일까. 아! 장애인이라는 죄 때문에 그동안의 설움은 얼마였던가.

그래, 이상한 방법으로 장가는 갔지만, 우리 집에서는 혼인 잔치를 베풀지도 못했다. 창피해서 그랬겠지만 먼 친인척에게도 알리지 않았다. 동네 사람들에게도 알리지 않아 내가 장가드는지도 까맣게 모르는 분들도 있었을 것이다. 도둑질하다시피 색시만 데려다 놓은 것이기에….

색시가 그런 사정까지는 잘 몰랐겠지만, 가마에서 내려도 북적거려야 할 잔치는커녕 몇 사람만 눈에 보일 뿐이었다면, "이게 어떻게 된 거야?" 그랬을 것은 두말할 필요도 없다.

나중에 말해서 알게 되었지만, 색시는 동네 아이들을 몰고 다닐 정도로 천방지축이었다지 않은가. 지금 보면 그런 성격은 아니었겠지만 말이다. 그렇게 자유분방한 색시가 시어머니 곁에서 잤다니…? 이것은 인력으로는 불가능한 일이다. 말도 안 된다. 말도 안 되는 일이지만 그런 일이 우리 집에서 실제로 일어난 것이다.

나는 누구도 맛보지 못했을 참삶의 맛을 보고 있다. 그렇지만 그동안의 냉대는 얼마나 심했던가. 집안이 망하려고 태어난 존재이니 말이다.

어머니는 딸만 내리 다섯을 낳자 시어머니와 남편으로부터 괄시를 받았다. 때문에 출산 후에도 몸조리를 제대로 못 했다. 그런데 나를 낳자 할머니와 아버지는 온 동네를 다니며 자랑했다. 어머니도 덕택에 한 달간 몸조리하며 처음으로 소고기 미역국을 드셨단다. 그런데 일곱 살 때 소아마비에 걸려 두 다리가 움직이지 않았다. 그래서 절박한 심정으로 유명한 한의원과 침술원을 다 다녀봤지만, 엎드려 기어 다녀야만 했다. 때문에 아버지는 화병으로 곧 돌아가셨고, 사랑하는 누나들은 어머니가 안 계시면 "이놈아, 그냥 죽어라." 하며 혀를 찼다. 한번은 어머니가 심한 몸살 땜에 혼자 학교를 가야 했다. 털모자를 눌러쓰고 손에다 신을 신고 눈길을 기어가고 있는데, 난데없이 '탕' 하는 총소리가 울린다. 사냥꾼이 동물로 착각한 것이다. 다급한 마음에 "저 노루가 아니에요." 하고 외쳤다. 그러나 사냥꾼이 내 목소리를 듣지 못했는지, 세 번째 총소리가 들렸다. 병원에서 깨어나기는 했지만, 나는 너무 놀라 기절하고 말았다. (중략)

출처 『역경의 열매』

"처음에는 반가워하시기보다는 경계하시는가 싶더라고요. 그랬으나 애기를 나누다 보니 그런 경계심은 봄날 눈 녹듯 사라지셨나 봐요."

"그래, 어머니는 이게 뭐야? 놀라기도 하셨겠지?"

부부간의 대화가 정답다. 부부간이 아니더라도 대화는 심리상태를 편하게 하는 바로미터가 아닌가. 인간사회에서 대화가 그만큼 중요하다는 것을 인정한다면, 부부간의 대화가 무디어서는 안 된다. 부부간의 소통 말이다. 누구는 일방적 소통이라는 말을 사용하던데, 소통이란 주고받음을 말함이지 일방적 소통이라는 말은 말 자체가 성립이 안 된다.

"어머님께서 제 손을 오래도록 붙들고 계셨어요."

"그래, 색시도 괜찮았고?"

만져보고 싶은 색시 손을 바라본다. 단둘만의 방에서 색시 손을 만진다고 잘못이겠는가. 목석처럼 있는 게 잘못이지. 그렇지만 점잖음이 흐트러져서는 안 된다는 체면 때문에 참느라 애쓰는 눈치다.

"괜찮은 것이 아니라 좋았지요."

시어머니로서는 딴생각 품지 말고 우리 아들만 생각하라는 의미였겠지만, 며느리로서는 그런 생각까지 했겠는가. 남편이 손을 붙드는 것은 성적 의미지만, 시어머니가 붙드는 것은 고부간의 정을 의미이기에 따뜻했을 것이다. 인간사회는 따뜻해야 한다. 따뜻함의 본질은 얼어붙은 맘을 녹이는 데 있기 때문이다.

며느리가, 시어머니가 붙드는 손의 가치는 그 무엇보다 높다. 누구든 그것을 무시하지 마라. 행복해지고 싶다면 말이다. 조물주의 의지겠지만, 행복의 성격은 묘해서 공짜와는 거래를 아예 안 한다. 행복은 시각적이지도 않다. 행복은 상대를 행복하게 해주는 자에게만 다가간다. 그것을 모르는 사람은 없겠지만, 몹쓸 며느리, 머리 아픈 시어머니, 이런 악성을 치우지 못하고 사는 것은 왜일까?

　그것은 상대를 인정하지 않겠다는 고약한 맘보 때문이 아닐까? 해당하는 사람들은 화낼지 몰라도 말이다.

행복을 맘껏 맛보고 사는 고 강영우 박사 아내 석은옥 여사 얘기다.

누구도 욕심낼 만한 여대생, 그 여대생은 세상에서 버림받을 수밖에 없는 시각장애자 강영우 청년을 (고등학생 때부터) 위해 살아준 것이다. "간밤에 꿈자리가 그리도 사납더니, 재수가 없으려고 아침부터 봉사가 내 앞을 지나가다니…" 하며 '퉤!' 하고 침 뱉는 소리를 듣고 앞으로 세상을 헤쳐 나가는데 얼마나 힘들까를 강영우는 생각하게 되더라는 것이다. 시각장애도 태어날 때부터가 아니라 중학생 시절 축구공에 맞은 후천적 장애였다.

"이 양반아! 꼭 그래야겠어요?" 하며 대들 수도 있겠으나, 그런 면에서는 야무지지 못해 시각장애만 한탄했던 강영우 청년. 두 살이나 많아 누나라고 부르던 강영우에게 석은옥 여대생은 누나라고 부르지 말고 이제부터 부부로 살자고 했다면 청년 강영우는 뭐라고 했을까? "그래요, 좋아요." 그랬을까? "아니요. 누나, 누나는 언제까지도 나는 누나로만 여길 거에요. 그러니 그런 말은 다시는 하지 말아요, 누나…" 속으로는 좋으면서 그러지 않았을까.

천사 같은 누나를 힘들게 해서는 안 된다는 맘에 나온 진심이었겠지. 석은옥 여대생도 대단한 각오 없이 부부로 살자고 했겠는가. 부모가 알면 네가 누군데 사람대접도 못 받는 사람과 부부로 살려 하냐며, 말도 안 된다고 노발대발하실 것은 짐작이 필요 없다. '내 딸이 어떤 딸인데…' 이것이 부모의 맘 아닌가.

어쨌든 둘이는 그렇게 해서 부부로 살며 두 아들을 두었다. 의학계가 유색인

종을 따지겠는가마는, 큰아들은 전례 없이 30대 나이에 워싱턴 안과의사협회 회장으로, 작은아들도 아버지 뒤를 이어 미국 백악관 대통령 법률 담당 보좌관으로 근무하고 있다지 않은가. 이것이 우연일까.

석은옥 여사가 만약 눈높이를 따져 혼인했다면 이런 행복을 맛볼 수 있었을까. 물론 그렇게 되기까지는 피나는 노력이 있었겠지만 말이다.

"사랑하는 내 아들들아, 너희들을 키울 때 힘은 들었지만, 엄마를 이렇게 행복하게 해주어도 너희들 손해는 안 보겠니? 조국인 한국 국민은 엄마의 얘기를 듣고자 강단에 서달라는 초청도 해온단다. 그래서 그동안의 있었던 얘기를 들려주지만, 엄마는 너희들 때문에 분에 넘치는 행복도 맛보고 있어. 고맙다."

석은옥 여사가 강영우 박사와 결혼 생활을 시작할 때, 부모는 말할 것도 없고 지인들도 아까워했을 것이다. 결국 미국 〈워싱턴포스트〉지에 찬사가 올려 지기까지 이렇게 사회적 대접을 받으리라고 석은옥 여사가 생각이나 했겠는가. 인간이지만 '아침부터 재수가 없다'는, 이렇게 사람대접도 못 받는 처지에 내몰려 있는 시각장애자 강영우 학생을 위해 석은옥 여대생은 자신을 불살랐다. 그것이 결코 공짜가 아니라는 것을 석은옥 여사가 보여주고 있다.

인간으로 세상에 태어난 이상 싫지만 죽음은 반드시 온다. 이것을 부정할 누구도 없을 것이다. 다만 무병장수이기를 바랄 뿐이다. 그래서 죽음을 두려움의 대상으로 보고, 우리는 그렇게들 살아간다. 삶과 죽음, 인정하지 못할 이유는 없겠지만, 젊은 나이라면 받아들이기는 쉽지 않다. 그럴 때 말기 암이라는 선고가 내려진다면 어떤 맘일지 상상할 수 있겠는가. 주검 앞에 당당할 장사 누구도 없다는 말이다. 강영우 박사는 죽음이라는 선고를 받고 세상을 떠날 시간이 얼마 남지 않은 줄 알고 아내에게 마지막 편지를 썼다.

아내에게

당신을 처음 만난 게 벌써 50년 전입니다.

햇살보다 더 반짝반짝 빛나고 있던

예쁜 여대생 누나의 모습을 난 아직도 기억합니다.

손을 번쩍 들고 나를 바래다주겠다고 나서던 당돌한 여대생,

당신은 하나님께서 나에게 보내주신 날개 없는 천사였습니다.

앞으로 함께할 날이 얼마 남지 않은 이 순간에

나의 가슴을 가득 채우는 것은

당신을 향한 감사함과 미안함입니다.

시각장애인의 아내로 살아온 그 세월이 어찌 편했겠느냐.

항상 주기만 한 당신에게 좀 더 잘해주지 못해서

좀 더 배려하지 못해서

너무 많이 고생시킨 것 같아서 미안합니다.

지난 40년간 늘 나를 위로해주던 당신에게

난 오늘도 이렇게 위로를 받고 있습니다.

미안합니다.

더 오래 함께해주지 못해서 미안합니다.

내가 떠난 후 당신의 외로움과 슬픔을 함께해주지 못할 것이라서.

나의 어둠을 밝혀주는 촛불

사랑합니다. 사랑합니다.

그리고 고맙습니다.

[강영우 박사의 임종 직전 편지]

"아버지의 글공부 말씀은 정말 충격이야. 다른 사람도 아니고 말이야."
"사실 글공부는 친정아버지가 조금은 가르쳐주셔서 『대학』까지는 읽었

지만…."

"그래? 놀랍다. 나는 이제야 『주역』을 공부하고 있을 뿐인데."

"여보, 저 글공부 열심히 해서 여자 훈장도 한번 해보고 싶어요. 제 생각 나쁘지는 않지요?"

"훈장이 되고 싶다는 생각이 나쁠 수가 있겠어. 대환영이지. 나는 사정상 훈장이 되어야 하겠지만, 여자가 훈장이 되겠다는 것은 누구도 생각 못 한 일일 텐데, 색시는 앞으로 큰일 내겠다. 세상을 바꿔버리는…."

시대적으로 딸은 자식으로도 여기지 않으려는 시절에 글공부는 뭐고, 앞으로 훈장의 꿈은 또 뭔가. 그래, 색시의 말대로 이제부터는 아기를 낳아 길러주는 아내로만 생각지 말자. 사회로부터 대접도 받는 여성이 되게 해주어야겠다. 각오가 서는 남편.

"그렇지만 실현까지는 많은 것을 포기하지 않고는 불가능할 텐데요?"

"아버지께서 말씀하셨잖아, 가사까지도 사람을 부르겠다고…."

공부만 하라고 내가 말하기는 좀 그렇다. 훈장이신 아버지가 계신다. 아버지 말씀을 따라야 한다. 그래서 맘뿐이다.

"글공부하라고 하셨으니 글공부 열심히 하겠지만, 당신은 더욱 열심히 하세요."

"그러잖아도 아버지께서 훈장이신데, 아들은 아버지를 뛰어넘는 한학자가 되어야 부모님도 좋아하시지 않겠어?"

"여보, 글공부 잘해서 앞으로 훌륭한 한학자 되세요."

"그래, 글공부 나 열심히 할게. 색시도 열심히 해봐."

이런 부부의 정은 합방으로까지 이어져 며느리는 혼인하자마자 튼실한 아들을 쑥 뽑았다. 자식을 낳은 뒤에는 행동을 보여줌으로써 가르치지만, 임신 중일 때는 아름다운 생각하는 것으로 가르친다. 아름다운 음악을 듣는 것도 그중의 하나다.

아들을 낳았으면 남편은 고마움을 넘어 울었을 테고, 시부모는 며느리에게 고맙다는 말을 넘어 시제 모실 때 떡쌀로 준비해두었던 모 쌀 한 톨 섞이지 않은 순 찹쌀로만 빚은 청주를 제사상에 올려드리면서 "바라던 아들 손주를 뽑게 해주신 조상님, 정말 감사합니다. 다음에도 아들 손주로만 쑥쑥 뽑게 해주십시오." 하며 조상 묘 앞에 넙죽 절했을 것이다.

그리 멀지 않은 얼마 전만 해도 자식이 시집·장가를 들게 되면 시부모는 폐백 순서 때 밤 대추를 신부 치맛자락에 던져주면서 "아들딸 많이만 뽑아라!"라는 덕담은 빼놓지 않았다. 후손을 두는 문제에 대해 오늘날은 집안이나 개인이 아니라 국가가 나서서 그런 말을 하고 있지만 말이다. 아들을 많이 두는 것이 얼마나 큰 자랑이었는지, 다리 공사 준공식에서 먼저 건너는 특별 대접을 받기도 했음을 70대 이상인 세대들은 본 적 있을 것이다.

그래, 될 수 있는 대로 튼실한 아들로만 쑥쑥 뽑아라. 아기를 키워본 그동안의 이력으로 내가 다 알아서 키워줄 테니…. 시어머니는 그렇게까지 며느리를 대접하고 싶었는지는 몰라도, 씨를 심어주는 대로 낳다 보니 아들 일곱, 딸 여섯을 낳아, 한 자식도 손실 없이 장수들을 하고 있다. 이질, 장질부사, 홍역 등 이런저런 전염병 때문에 뛰놀기 전에는 잘 크리라는 믿음이 적었던 시절, 이것은 기적에 가깝지 않은가.

새 시대 시발점

"영감, 술상 차려올까요?"

"뭐요, 술상이요?"

"예, 술상이요."

"느닷없이 무슨 술상을? 저녁 먹은 지 두 시간도 안 되는데…"

"그래요, 저녁 먹은 지 두 시간도 안 되지만…"

아내는 며느리 얘기를 하려고 술상을 미리 준비했다. 부침개와 홍어 몇 점을 올려 술상이 들어온다.

"이게 뭐야, 할 얘기가 있으면 그냥 하면 되지 무슨 술상까지?"

가끔이지만 저녁이 아닐 때는 술상을 내오기도 했다. 하지만 지금의 술상은 좀 이상하지 않은가. 아내의 표정을 읽는다.

"영감, 어젯밤은 며느리와 같이 밤새웠어요."

영감 곁에 바짝 붙어 술을 따르면서 시어머니가 말한다.

"아니, 며느리랑 밤을 새웠다…? 그게 무슨 말이요?"

아내의 표정을 보니 잘못된 얘기는 아닌 것 같아 불안치는 않다.

"며느리 말을 딱 믿기는 더 두고 봐야겠지만, 이런저런 고마운 얘기 중에 제 시동생 한종이 색싯감 이야기를 꺼내네요."

"뭐요? 제 시동생 색싯감을요? 그래서요?"

제 시동생 색싯감 이야기를 다른 사람도 아닌 며느리가 꺼내다니, 이게 집안이 잘못되고 있는 것 아냐? 상상도 못 할 말을 다 듣고 있다는 생각에 영감은 눈이 휘둥그레진다.

"영감, 그런 얘기는 누가 듣기라도 해서 소문이 나는 날엔 큰일 날 것 같아 그만두자고 했지요."

방 안에는 부부간 단둘뿐인 줄 알면서도 뒤를 한번 돌아보면서 영감은 묻는다.

"그랬더니?"

영감은 그런 얘기는 그만하라고 하기엔 며느리 말이 너무도 궁금한지, 피우던 담뱃대를 재떨이에 털 생각도 않고 아내를 물끄러미 쳐다본다.

"장가 문제는 네 시아버지께서 알아서 하실 일이라고 딱 잘라 말했지요."

"당연하지, 제 시동생 혼인 문제는 시 아비인 내가 알아서 하는 건데 이게 무슨 소리야. 그런 말 다시는 못 꺼내게 하세요."

말도 안 되는 큰일 날 소리를 듣고 있다는 생각에 퉁명스럽게 말한다.

"그래요, 말도 안 되는 일일 수도 있지요. 그걸 내가 왜 모르겠어요. 알아요. 알지만 며느리가 생각하는 제 시동생 색싯감 얘기는 너무도 감동스러워 혼자만 알고 있기에는 아까워요. 영감은 알고 계셔야 할 것 같아 이렇게 술상까지 차려온 거예요."

영감 말대로 왜 느닷없는 술상을 차렸겠는가. 며느리 생각을 영감도 받아들이라는 의도다.

"그러면 며느리가 생각하고 있다는 제 시동생 색싯감 얘기가 뭔지 한번 말해보시오."

"제 시동생 한종이가 장가들게 되면 분가를 할 것이지만. 멀리도 아니고 우리 집 바로 옆에 살게 해서 잠과 밥만 따로일 뿐, 한 가족이나 마찬가지로 살아갈 것이라서랍니다."

"그거야 그렇지만, 한종이가 장가든 후의 분가 문제도 며느리가 걱정할 것이 못 되는데…?"

"그거야 그렇지만 동서끼리 오손도손 살려면 성격도 어느 정도는 맞아야 맘 편하게 살 수 있겠다는 생각에서 그런가 봐요."

"아무리 친 동서지만 없는 맘을 억지로 맞춰 살기는 어렵겠지. 잠깐 사는 것도 아니고, 그래, 평생을 같이 살아가야 한다면."

"그런 생각 때문에 그랬겠지만, 친정에 가서 제 동서 감에 관심을 두고 봤나 봐요."

"며느리 생각이 그렇다면 시집오기 전처럼 건성으로 봤겠어요?!"

"그래서, 궁합은 맞을까 모르겠네? 그랬더니?"

"그랬더니…?"

"'어머님, 제 궁합을 보기는 하셨어요?' 그러기에 아버님께서 결정하신 일이라 나는 잘 모르겠다고 했더니, '만약 궁합이 안 맞으면 물리실 거에요?' 그렇게 말하대요. 그 말에 정신이 번쩍 들었어요."

"호호, 그랬어요?"

"그래서 말 잘못했다가는 시어미 체면이 말이 아닐 것 같아 다른 말로 바꿨어요."

"무슨 말로요?"

"무슨 말은요, 그냥 얼버무리는 정도의 말이지요."

"그래요, 궁합이란 상대가 맘에 안 들면 핑계로 써먹으라고 만든 조상들의 지혜인 거요. 이런 말은 누구한테도 안 했소. 처음이요."

"그러면 며느리 궁합은 안 보셨겠네요?"

"그런 문제는 더 묻지 말아요."

하고 좀 퉁명스럽게 영감이 말한다.

"알았어요. 더는 묻지 않을게요."

"궁합 얘기는 누구한테도 하지 말아요. 다른 집 자식들도 마찬가지요."

궁합을 묻지는 않겠지만, 노파심은 어쩔 수 없나 보다.

"며느리 얘기를 듣노라면 '네가 그러다가 이 시어미 머리꼭대기에 올라
서려는 게 아냐?' 그런 생각보다는 '너는 우리 집을 위해 태어난 여자다' 그
래지네요."

거짓이 아니다. 아들은 그 집안을 이어나가야 할 아들이다. 어디 거기까
지만이겠는가. 부모를 위해 살아주어야 할 집안의 기둥이기도 하다. 때문
에 아들에 대한 관심은 딸보다 훨씬 높지 않은가. 이런 생각이 있는데 다
행히도 아들이 태어난 것이다.

아들이 태어난 것이 안심은 되었지만, 걷지도 못하는 장애자가 되는 바
람에 맘고생이 그동안 얼마나 심했는가. 장애인 아들을 둔 부모들은 다
그럴 테지만, 웃어야 할 일도 못 웃는 법이다. 아들이 장애인이 되기 전까
지는 문 씨 집안 며느리로서 안도의 숨까지 쉬지 않았는가.

그런데 집안에 있어서는 안 되는 아들이 장애인이 되어버리다니. 회복
불가능한 기구한 운명, 이 일을 어쩔거나. 때문에 그동안 웃어본 기억이
없는데 며느리가 웃게 한다.

천지신명께서? 아니면 조상님들께서? 장애인 아들 때문에 우울증에 빠
지기 직전인 처지를 안타깝게 보시고 이런 며느리를 보내주셨을까. 아무
튼 세상에 이런 며느리도 다 있을까 싶어 고맙다는 생각에 며느리 앞에서
눈물까지 내보이지 않았던가.

그렇다. 고부간이 부드러우면 생각지도 못한 알파도 있는데, 사돈지간은 없어서는 안 되는 관계로까지 발전한다. 혼인이란 무엇인지 설명이 필요하겠는가마는, 남녀 간의 결합체만을 의미하지 않는다. 집안과 집안이 연결되는 만남인 것이다. 이런 귀중한 언어를 현대사회는 무시해버리는 것 같아 안타깝다.

시부모와 며느리, 며느리와 시부모, 이런 관계는 보편적 윤리다. 이런 윤리를 어떻게 설정하느냐에 따라 가정의 행, 불행이 갈린다는 것을 누구든 알고 있으리라. 알고는 있지만, 시대적으로 맞지 않다고 외면해버린다면 자기 인생도 망가진다는 것쯤은 알고 살아야 할 것이다. 어디 그 시대만 그렇겠는가.

"아니, 말을 들으니 임자가 며느리의 달콤한 말에 홀린 것은 아니겠지요?"

"글쎄요. 영감 말대로 정신이 홀려 그런지는 몰라도…."

왜 안 좋겠는가. 사랑하는 아들이지만 집안의 흉일 수도 있는 장애인이라 장가도 못 보낼 것 같아 사기를 치다시피 데려온 며느리이지 않은가. 그런 일을 생각하면 군말 없이 살아주는 것만도 고마운데, 상상도 못 할 고마운 말까지 조리 있게 잘도 하지 않는가. 그래서 영감이 따라주는 술도 한잔 비우면서 영감의 빈 잔을 본다. 술을 또 따를 태세다.

"허허 참, 임자가 좋아하니 나도 기분이 좋아 그런지 술맛도 달다."

"영감이랑 이렇게 기분 좋기는 처음이 아닌가요?"

"그러게요."

생각해보면 종족 번식을 위한 합방 말고는 내외간 좋았던 기억이 없는 것 같다. 종족 번식 작업에도 집안의 걱정거리가 어떠냐에 따라 더 좋고

안 좋고가 있지 않은가. 그래서 그동안은 종족 번식 생리 현상을 어쩌지 못해 하는 수 없이 아내에게 다가간 것이다.

"영감은 아들을 낳았을 때 속으로는 좋아했지만 드러내놓고는 좋아하지 못했잖아요."

"어디 그것뿐인가. 임자를 보고 싶어도 아기 만들 시간 말고는 없었던 기억이 나요."

부부간 합방 얘기가 아닌가. 그런 얘기가 내외간 단둘이라면 흉일 수 있겠는가. 말을 안 해서 문제일 수 있지. 아무튼 영감이 합방 얘기까지 하려는 걸 보니 취기가 도는가 보다.

"술 더 따를까요?"

그만 마시자는 의미의 말이다.

"아니요. 그만 마실 거요. 상 치우고 어서 가서 자시오. 내일 일찍 일어날 일이 있다면서요."

"예, 영감도 편한 밤 되세요."

기분이 좋은 상태에서 술 한 잔씩 했겠다, 늦은 밤이겠다, 누구 눈치 볼 일도 없겠다. 내외간 눈빛은 서로 한번 안아보고 싶다는 눈빛이다. 그래서인지 아내는 평소와 달리 동작이 느리다. 영감이 붙들면 넘어질 태세다. 내 마누라고, 내 남편이라면 사랑방이 따로 있어야 하고, 안방이 따로 있어야 할 이유는 없다.

그런데도 아기 만들기는 안방에서만 이루어졌다. 삼강오륜에 해당하는 부부유별이라는 윤리 때문인지는 몰라도, 따지고 보면 아기 만드는 장소가 따로 있어서야 되겠는가. 물론 현대적 생각이지만 말이다.

어쨌든 안방은 아내의 방이고, 사랑방은 남편의 방이다. 그래서 몸 비비고 살아가야 할 부부지만, 그것도 첫아기 낳기 전까지만이다. 그렇게 보면 부부유별은 영원토록인 셈으로 현대에서 말하는 졸혼이 아닌가.

아내와의 종족번식은 그런 기미가 있을 때라야 비로소 '어험, 어험~' 신호를 보내고 안방에 들어가 합방이 이루어지게 된다. 종족번식은 자연으로, 짐승 암컷들처럼 여자도 발정기가 있다. 발정기가 있지만, 그것을 드러내놓고 말하기는 너무 민망한 일로 아닌 척 내숭을 떨 뿐이다.

종족번식에 관련된 전날의 얘기다. 가임 나이에 남편도 없는데 발정기일 땐 속옷을 벗어 내던지고 밤거리를 헤매기도 했고, 발정기를 넘기려고 송곳으로 허벅지를 찌르기도 했고, 독한 담배를 피우기도 했단다. '동지섣달 긴긴 밤에 임 없이는 살아도, 삼사월 긴긴 해에 점심 없이는 못 산다.' 배고픔이 그만큼 크다는 것을 빗댄 얘기이지만, 홀로 된 가임여성들의 발정기를 말함이지 않은가.

종족번식이 가능한 모든 생물체마다 수컷이 암컷에게 다가가게 설계(창조)되어 있다. 어쨌든 발정기는 서로의 텔레파시라고나 할까, 그것이 남편에게 전달된다. 그렇게 해서 내외간 합방이 이루어지고, 그래서 후손으로, 후손으로 이어져 사회를, 국가를 이루는 것이다. 그런데도 인구학자들은 인구팽창이라고 말하는 것 같다. 그런 합방을 남성들만의 것인 양 써먹으려 해서는 안 된다는 것이 필자의 입장이다.

"아니, 그런데 우리가 무슨 얘기를 하려다 이렇게 술만 마셨지요?"

영감도 술 세 순배라 취기는 좀 도나 간밤에 나눴다는 며느리와의 얘기를 듣고 자야겠다는 생각에 다 탄 담뱃대를 재떨이에 걸쳐놓는다.

"그러면 우리가 며느리에게 앞으로 어떻게 할까요?"

"어떻게가 뭐 있겠어요. 그냥 두고만 볼 뿐이지."

"그래요, 우리 며느리는 보통 며느리가 아니요. 시아버지이지만 이제부터는 며느리 생각을 존중할 거요. 집안 망할 일만 아니면 며느리 하자는 대로 한번 해봅시다. 그게 아닌 것 같으면 왜 그런지 묻기는 해도…."

생각을 해보니 그동안 윤리 도덕만 붙들고 산 것 같다는 생각이 들어 담뱃대를 다시 문 채 위를 한번 쳐다본다.

"영감은 괜찮은 분이요. 지금 생각이 아니라도."

집안일 땜에 글공부를 『명심보감』까지만 했지만, 마누라를 생각해주는 영감들 있으면 한번 나와 보라는 고맙다는 의미의 말이다.

"그게 무슨 말이요, 듣기 민망하게…."

"아니요, 진짜예요, 영감 앞에서만 할 수 있는 얘기지만."

"무슨 말을 하려고 그런 민망한 말을 하는지는 몰라도, 듣기 싫은 말은 아니요. 아무튼 고맙소."

아내와 이렇게 정다운 얘기를 나눌 때가 언제 있었던가. 영감 입가에 미소가 묻어난다.

"영감, 우리 며느리가 없었다면 어쩔 뻔했소."

며느리에게 모든 것을 다 주어도 아깝지 않을 것 같다는 말투다.

"그래요, 나도 임자 생각과 다르지 않소. 기분 같아서는 한번 품어주고 싶은 맘이요. 그럴 수 없는 시아버지이지만…."

"영감은 너무 나가는 말씀을 하시네요."

"아니에요, 진짜요."

그래, 며느리가 고맙다고 해서, 그런 말은 아내 말대로 너무 나가는 말인 것만은 맞다. 맞지만 장애인 아들 때문에 훈장이면서도 그동안 당당하게 살아오지 못하지 않았는가.

"영감, 우리 조상님들 묘에 가서 큰절 한번 올립시다."

"그래요, 임자 말대로 그렇게 하는 게 나쁘지는 않지만, 조상님들이 만들어준 것이라고 나는 생각지 않소."

영감은 훈장답다. 훈장은 생각부터가 일반인들의 표상이기도 하지 않은가. 어쨌든 며느리가 어려서는 동네 아이들 대장 노릇까지 하고 천방지축이었다지만, 지금을 보면 정말 그랬을까? 거짓말 같다. 그렇지만 사돈의 편지를 보면 사실인가 보다. 그러면 고삐 풀린 송아지처럼 성장해온 딸을 사돈은 어떻게 가르쳤기에 위대하다고 해도 욕먹지 않을 것 같은 며느리로 키웠을까. 모르기는 해도 남의 집 며느리로, 아내로 살아가게 잘 가르쳤을 것이다.

딸을 가진 부모는 나이가 차서 딸을 시집보낸다고 생각하면 안 된다. 시집 간 딸은 곧 친정부모의 얼굴이기 때문이다. 성장한 딸을 있는 것 없는 것 바리바리 싸서(부모 도움 없이 본인들이 벌어서도) 시집을 보냈으니, 부모로서 할 일을 다 했다고 생각만 해서는, 감히 말하지만 장수를 바라면 곤란하다. 그렇게 하는 것은 사회적 공해이기 때문이다. 그러면 이 글을 쓰는 입장은 잘하고 있는가? 그렇게 묻는다면 자신 있게 말할 수는 없겠으나, 시댁으로부터 칭찬을 받는 것 같다.

"그렇기는 하지만 누구에게든 고맙다는 말은 하고 싶어서…"

그래요, 조상님들이 만들어준 게 아니지요. 말도 안 되는 말인지 알면서도 말하게 되었다는 표정을 짓는다.

"며느리 얘기대로 전깃불이 경복궁에서 밝혀지고 있다면 새 시대가 열린 것 아니요? 물론 일반 가정에까지는 한참 기다려야겠지만…."

"새 시대가 열리면 우리는 옛날 사람이 되는 건가요?"

"그렇겠지요. 싫지만 어쩔 수 없이…."

"그러면 우리가 벌써 늙어간다는 말도 되고요?"

말은 그렇게 했지만 전깃불이 밝혀질 때까지 살 수가 있겠는가. 벌써 늙어가는가 해서 하는 말이다.

"세상에 태어났으면 늙어가는 것은 당연한데 임자는 벌썬가 싶소?"

아내의 생각처럼 전깃불이 가정에 들어올 때까지 살 수는 없다. 죽을 날만 가까이 다가오고 있는 것이다. 그렇지만 가장 하기 싫은 말 중의 하나가 죽음이라는 말인데, 우리가 그때까지 살기나 하겠어요? 그렇게는 말 못 하고 달리 말한다.

"맘이 편해져서 그런지 괜한 생각까지 하게 되네요."

"아니, 우리가 며느리 얘기하다 말고 무슨 말을 하고 있는 거요, 지금?"

"영감은 술 고작 석 잔 가지고 취기가 도세요?"

그래, 고작 석 잔이지만 취기가 돌 것이다. 남편은 훈장이라 몸가짐도 흐트러져서는 안 된다고 약주도 잘 안 마시기 때문이다. 그렇지만 이 술상은 어떤 술상인가. 따지고 보면 며느리가 만들어준 술상이라고 해도 될 술상이 아닌가.

"내가 취했을까요? 엉뚱한 말까지 다 하게? 아무튼 며느리를 바라보는 임자 생각이 내 생각이고, 내 생각이 임자 생각이라면, 며느리에게 무언가를 주고 싶은데 임자는 어떻소?"

"며느리에게 주고 싶다는 데 반대할 생각은 없는데, 그게 뭔가요?"

며느리에게 주고 싶다는 말에 어느 정도 감은 잡히나 정확히는 알 수 없어 묻는다.

"그 얘기는 가족모임에서 말하고 싶은데, 그렇게 해도 임자는 괜찮겠소?"

"괜찮은 게 뭐 있겠어요? 하실 얘기가 뭔지는 그때 들어봐야겠지만."

"그러면 낼은 볼일 있어 안 되고, 모레 모이는 걸로 하고 맛있는 상이나 준비해주세요."

그래, 중요하다면 중요한 얘긴데, 맨입으로 보다는 맛있는 상 앞에서 하는 게 괜찮을 것 같다.

"그렇게 할게요."

"나중에 말하겠지만, 생각해보면 우리는 그동안 윤리 도덕만 강조했네요."

윤리 도덕만 강조한 것이 잘못은 아니지만, 새로운 세상을 누가 만들 것이냐 하면 말할 것도 없이 젊은이들이다. 나이 먹은 세대들도 인정한다면, 실수가 있어도 아니라고 하지 말고, 지켜보면서 젊은이들을 응원해야 할 것이다. 안다고 해서 가르치려 들지 말고 말이다. 가르치려 해서는 추하기 십상이니….

세상 모든 지식은 스마트폰에 다 있다. 그러니 알고 싶으면 거기다 물어라.

나이 먹은 사람들로부터 몰매 맞을 말일지 몰라도, 백 세 노래는 아무리 생각해도 아닌 것 같다. 한 번뿐인 삶을 오래 살고 싶다는 맘을 이해 못 할 이유는 없겠으나, 오래 살면 자식들에게 무거운 짐밖에 더 되겠는가. 인구학자들의 말이기는 해도, 인구팽창 문제는 걱정해야 할 수준에 이르렀다고 한다. 거기까지 걱정한다는 것은 엉터리이겠지만 말이다. 이런 문제에 대해 내게 묻는다면, 팔십부터는 만수로 보고, 진단 결과 악성일 때는 고통을 멈추게 하는 약(진통제) 말고는 없다. 나이 먹어서 먹는 무슨 보약이니 건강보조 식품이니 하는 것은 건강에 도움이 되지 않는다. 천만의 말씀이다.

그래도 주어진 인생 오래 살고 싶다면 건강검진이나 열심히 받으라고 말하고 싶다. 생각해보면 북한 김정일은 칠십도 못 돼 죽었는데, 보약은 물론 건강 보조 식품 안 먹었겠는가. 그러니 나이 육십부터는 나이에 걸맞은 생각이나 가지라. 이를테면 '영원히 살 것처럼 꿈꾸고, 내일 떠날 것처럼 살라'는 말처럼…:

시어른의 중대 발표

자랑스러운 자식이기를 바라지 않은 부모가 세상에 어디 있겠는가. 아무도 없을 것이다. 어디에다 내놔도 당당한 자식, 누구로부터도 칭찬받는 자식, 모르는 젊은이라면 누구의 자식인지 그 부모를 생각한다. 그래서 부모는 자식을 위해 엄청난 투자를 하게 된다. 목숨도 내놓을 만큼 말이다. 그런 바람이 어디까지인지는 부모 개인에게 달려 있을 것이다. 훈장이신 시아버지는 가족을 사랑방으로 불러놓고 말한다.

"임자, 올겨울에도 길쌈만은 해야겠지요?"

시아버지는 시어머니의 눈을 평소와는 달리 빤히 바라본다.

"항상 하던 길쌈이고, 길쌈은 당연한데 느닷없이 그런 말씀은?"

말은 그렇게 했지만 무슨 말을 할 건지는 알지만 모른 체했다.

"앉혀놓고 말하기는 좀 그렇다만, 얘, 너 올겨울부터 글공부해야겠다."

며느리에게 글공부를 시키겠다는 말씀은 중대 발표다. 이렇게 며느리에게 뭔가를 해주고 싶다. 시아버지로서 말이다. 시집온 지 얼마 안 되었지만, 행동 하나하나를 지켜보니 그래, 너는 그냥 한 남자의 아내로, 시부모의 며느리로만 살게 한다면 죄짓는 일 같다는 생각에서 나온 말이다.

"…."

글공부하라는 시아버지의 중대 발표에 며느리는 대답은커녕 고개조차
도 들지 못하고 무릎만 고쳐 꿇는다.

"여자라고 해서 지금까지도 공부를 안 시켰는데, 내 생각은 좀 다르다."

자식들은 놀란다. 며느리에게 글공부를 시키시겠다니? 수백 년 이전부
터 며느리에게 공부를 시킨다는 것은 성골이나 진골 신분 아니고는 가능
하지도 않은 일이다. 시어머니 말고는 '그게 무슨 말씀이요?' 하듯 눈들이
휘둥그레진다.

"그래, 아버님 말씀에 나도 동의한다."

시어머니는 그렇게 말을 해놓고 가족들 표정을 번갈아 본다.

"여자가 현모양처로만 살아서는 후손들이 희망이 있겠어? 그래서 말이
지만 희망을 품으려면 글공부를 해야 해서다. 기종이 너도 듣고 있니?"

"…."

아들 기종이는 대답 대신 색시와 동생들의 표정을 옆 눈으로 잠깐 본다.

"이런 생각도 그냥 나온 게 아니야. 얘, 너 때문이야."

시아버지 말씀엔 감격까지 실렸다는 생각인지 모두 숨소리도 숙연해지
는 것 같다. 시아버지 말씀은 곧 집안의 법이다. 그렇지만 지금은 그런 의
미의 말씀이 아니지 않은가.

"얘야, 너 상 좀 내올래?"

무릎 꿇은 며느리를 쳐다보면서 말한다.

"예, 아버님."

말이 떨어지자마자 일어서려는데,

"아니야, 상은 조금 있다가 내오고, 얘야?"

"예, 아버님."

며느리는 무릎을 다시 고쳐 꿇고 남편을 쳐다본다.

"얘, 너, 이번 겨울부터 네 남편과 공부만 해라. 물론 간단한 일은 해야 겠지만."

"…."

시아버지의 말씀에 며느리는 당황스러운지 "아닙니다"도 못 하고 고개를 숙인 채 눈만 깜박인다.

"그리고 임자, 길쌈 일손이 부족하면 사람을 부릅시다. 넉넉한 형편은 아니어도 머슴을 둘씩이나 두었다면 능히 감당할 일이니…."

"알겠어요."

"나는 누가 뭐래도 우리 며느리를 글공부하게 할 겁니다. 이런 일이 흉이 된다면 나는 말할 거예요. 이렇게 해서라도 새 시대를 열자고…. 내 생각을 이해했는지는 몰라도, 이것은 며느리를 위해서만이 아니에요."

학생들을 가르치는 훈장으로서도 시아버지로서도 이런 말을 꺼내기까지는 많은 생각을 했을 것이다. 새 시대를 여는 일이 며느리 글공부만으로 될 수 있겠는가. 그렇지만 아내는 남편의 종속이어서는 안 된다는 평소의 생각을 가족들에게 말한 것이다. 아내와 대화를 나누었듯 서로의 생각을 존중하자는 것이다.

"그렇게 하시지요."

시어머니는 드디어 말문을 연다. 오늘날엔 남편에게 '하시지요'라는 존대를 잘 쓰진 않지만, 산업사회 이전에는 단둘이라도 당연해서(훈장은 양반에 해당한다) 그렇게 하지 않는 것이 되레 흉이었다.

"고맙다. 이런 문제에 누구도 아니라고 토 달지 않아서."

며느리를 공부시키겠다는데 토 달 이유는 없겠지만 말이다. 모두의 표정을 보면서 시아버지는 말을 잇는다.

"기종아!"

"예, 아버지."

여기서 말해둘 것은 아들(딸)로서 아버지는 면전에서이고, 아버님은 면전이 아닌 곳에서다. 며느리는 어디서든 아버님이고.

"너 올 겨울부터는 네 처를 가르치는 거다. 알겠냐?"

"…"

아들은 아버지의 말씀에 대답 대신 무릎만 고쳐 꿇으며 색시와 가족을 번갈아 본다. 아들을 향한 아버지의 말씀은 세상이 바뀌는 말씀 아닌가. "아버지, 황공무지로소이다." 좋아서 어쩔 줄 모르는 태도다.

어찌 그러지 않겠는가. 나더러 아내를 가르치라 하시다니…, 세상에 이보다 더 좋을 수가 있겠는가. 아무리 부부일지라도 손주를 둘 나이가 되기 전까지는 한 상에서 밥도 같이 먹을 수 없고, 남편과 함께 걷지도 못한 채 남편 뒤에 몇 발짝 거리를 두고 걷지 않는가. 동네를 나설 때는 열 발짝 이상을 떨어져 걷는다. 이런 부부유별 시대에 천지개벽이 아니고는 있을 수 없는 일이다.

"왜, 그렇게 하겠다는 말이 없어!"

말은 없지만 그런 줄 알면서도 기분 좋아지라고 아버지로서 한 말이다.

"예, 아버지."

대답은 그렇게 했지만, 고개를 들고 '예' 해야 할지도 당황스러운가 보다. 무릎을 다시 고쳐 꿇는다. 아버지는 훈장이시라 그런지 꼭 해야 하는 말 말고는 안 하시는 편이다. 그래서 조심스럽기는 하나 아버지를 부르는 게 그렇게 어렵지 않다. 장애를 입은 것이 불쌍해서 그러시는지는 몰라도 따듯하게 대해주시기 때문이다.

이 내용에서 생각되는 것이 나이를 먹어서 하는 잔소리다. 잔소리를 하는 것은 "너희들이 뭘 알아?" 하는 생각 때문일까. 들을 귀도 없음에도 한다. 때문에 가정 분위기가 부드럽지 못하다는 말도 듣는다.

집안어른 대접까지는 아니더라도, 애견보다 나은 대접을 받고 싶으면 늙은 냄새 풍기지 않게 샤워를 하시라. 매일은 못 해도 벨트 아래는 매일, 양치질은 식사 후 바로바로. 항상 정갈한 차림, 입 냄새는 인격 손상으로 알고, 용돈을 주면 너무 많다. 여행 얘기면 좋기는 하다만 핑계, 병원에 가야 될 만큼 아프면 미안해함은 기본. 이렇게들 하시라. 나이 든 이들이여! 지식이 풍부해도 묻기 전에는 고맙다, 미안하다는 말 그 이상은 공해라는 것을 절대로 기억하시라. 참고가 될지 모르겠지만, 걷기 운동을 나갔다가 젊은이들이 모여 삼겹살을 구워 먹으면서 부르더니 "이거 한 점 드시고, 술 한 잔도 드십시오." 한다. 그런 대접이면 선 채로 한잔하고 "아이고, 맛있다. 잘 먹었으니 나 갈게, 맛있게들 먹어!" 그러고서 곧 자리를 떴다. 그러지 않고 미적거리면 거지도 상거지 꼴일 테니…. 나이는 그냥 먹는 게 아니다.

나도 나이를 먹으면 저래야겠다. 젊음들을 향한 본보기다.

시아버지의 상여

인간으로 세상에 태어났으면 기대만큼 살지 못하고 떠나게 되는 경우가 많다. 이런 사실을 누구도 부정하지 못할 것이나 나만은 인정하기 싫다. 싫지만 거부할 수 없는 것이 죽음이 아닌가.

대부분 어린이들의 경우지만, 의학이 발달하기 전에는 유행성 질병으로 부모를 슬프게 했고, 노년들은 유행성 질병보다는 환절기(봄, 가을) 때 돌아가셨다. 왜 환절기냐 하는 것은 의학적 판단에 맡기겠지만, 죽음은 누가 뭐래도 무섭고 두렵다. 그래서 상여는 죽음을 너무 두려워 말라는 이유로 있는 게 아닐까. 명당이라는 얘기도 따지고 보면 거기에 있다.

어쨌든 시신을 매장했던 시절 전라남도 영광 지방에서는 발인 전날 밤 상여 예행연습도 했다. 빈 상여를 들쳐 메고 요령잡이 상여소리와 상여꾼들의 후렴소리가 구수했다. 시어머니 상여일 경우엔 다음과 같다.

선창) 나는 가네~ 나는 가네~ 북망산천으로 내일 가네~~

후렴) 어~ 어노~ 어~ 어노~ 어~ 어야 어노~~

선창) 먼저 떠난 고약스런 영감쟁이 곁으로 나는 가네~~

후렴) 어~ 어노~~ 어~ 어노~ 어~ 어야 어노~~

선창) 과수댁 못 잊어하던 영감쟁이 곁으로 나는 가네~~

후렴) 어~ 어노~~ 어~ 어노~ 어~ 어야 어노~~

선창) 막내아들 먹이랴 밥도 배불리 못 먹고 나는 가네~

후렴) 어~ 어노~~ 어~ 어노~ 어~ 어야 어노~~

선창) 며느리를 달달 볶던 시어머니 상여 타고 가신다네~~

후렴) 어~ 어노~~ 어~ 어노~ 어~ 어야 어노~~

선창) 우지 마소~ 우지 마소~ 어양스런 울음 우지를 마소~~

후렴) 어~ 어노~~ 어~ 어노~ 어~ 어야 어노~~

한기성(가명) 아저씨의 재치 넘치는 상여소리가 며느리의 정곡을 찔렀는
지 웃음이 터져 '히히' 하고 집안으로 쑥 들어 가버린 기억이다. 상여가 떠
나는 날 요령잡이는 땡 그렁~ 땡 그렁~ 종을 치면서 노래한다.

북망산천 길이 어디멘데 꼭 가야만 하는가
봄이면 꽃피는 산이어도 상여 타고는 싫은데
이제 가면 언제 오나 서럽고도 서럽구나
아들딸들 이별하고 이제 가면 언제 오나
인명은 재천이라 죽어 갈 길이 서럽구나
한 달이라 서른 날은 맷돌같이 돌아갈 제
꽃을 보고 놀던 나비 짝을 잃고 돌아가니
등잔불에 달은 밝고 홀로 앉아 누웠더니
이팔청춘 원통하다 높이 떠서 한탄 마라
한탄 설움 새 울 적에 푸른 청산 찾아가네
초로 같은 우리 인생 이슬같이 가는구나
청산노송 산천경계 아리랑 고개로 넘어간다
아버님 전 뼈를 빌고 어머님 전 살을 빌어

이 세상에 생겨나서 부모 은공 갚을소냐

오늘 아침 성턴 몸이 저녁나절에 병이 드니

실낱같이 약한 몸에 태산 같은 병이 들어

부르느니 부모님이요 찾느니 냉수로다

애당초 이 세상에 생겨나지나 말을 것을

후렴) 어~ 어노~~ 어~ 어노~ 어~ 어야 어노~~

이런 시아버지 상여를 바라보는 먹골 댁은 한 가정의 아낙으로만 살아갈 수밖에 없는 처지에서 동네 분들로부터도 배 선생님이라는 대접도 받는다. 시아버지께서는 그런 대접까지 받게 해주신 것이다. 며느리는 시아버지 상여를 보면서 감사의 눈물을 훔친다.

"아버님, 이제야 말이지만 아버님을 스승님으로도 모시고 싶었습니다."

며느리로서 더 배워야 할 텐데 이렇게 급하게 떠나시게 되어 아쉬울 것이다. 효로 모셔야 할 시아버지이지만, 시아버지를 넘어 스승으로도 모시고 싶었다. 그랬는데 이렇게 떠나시다니…, 며느리는 아쉬움이 밀려오는가 보다. 계속 눈물이다.

그래, 이제는 어쩔 수 없이 상여를 타고 가실 시아버지께 해드릴 것은 그 무엇도 없다. '평안히 가십시오. 라고만 해야 할 것 같다.

누구든 그렇겠지만, 시아버지가 별세하시면 곡을 하게 된다. 시집간 딸의 경우다. 친정부모님 별세 소식은 오로지 부고장을 통해서만 전해지던 시절 친정부모님 부음 소식이 전해지면 머뭇거릴 것도 없이 부고장을 든 채 그 자리에서 쪽 머리를 풀어헤친다. 소복 차림을 하고 하던 일만 대충 정리하고, 멀리 사는 딸이면 아무리 멀어도 친정 동네가 보이면 신발을 벗어들고 맨발로 걷는다. 그러다가 동네 입구에서부터는 곡을 시작한다.

그런 시절에 시아버지는 한 달 가까이 누워 계시다 세상을 떠나셨다. 세상을 떠나시기 며칠 전 말씀이 "장례식이라는 예절을 무시할 수는 없지만, 그동안 맘 편하게 살아온 것은 너 때문이다. 고맙다. 그러니 내가 죽더라도 꼭 같은 것은 안 해도 된다"라고 하셨다. 시대를 뛰어넘는 말씀이다. 그 말씀을 그대로 따르자니, 그동안 모셨던 며느리로서 그런 형식을 무시해서는 안 되지 않겠는가 하는 생각이 들었다. 그러나 억지로는 안 할 생각이다. 아닌 것은 조금씩이라도 고쳐나가는 것이 내일을 위한 길이기 때문이다.

"얘야, 너는 여자지만 장부다. 나는 그렇게 생각한다. 그걸 말릴 생각 없으니, 너는 살 만한 세상을 만들 수만 있다면 한번 만들어봐라." 시아버지는 늘 응원해주셨다. 결과까지는 후손들 몫이지만, 시아버지께서는 세상을 바꿔보고자 애를 부단히 쓰신 것이다. 집안 사정으로 나는 어디까지나 며느리이지만, 며느리일 뿐 아니라 훈장님의 제자로도 생각할 것이다. 그것은 그동안의 전통을 역사로 남기고 세상을 바꿀 생각이 있기 때문이다.

세상을 바꾸기가 생각처럼 되겠는가. 그렇게는 안 될 것이지만, 나는 누구인가. 시아버지께 가르침 받은 제자가 아닌가. 제자는 가르쳐주신 선생님을 뛰어넘을 각오라야 참 제자인 것이다. 이루지 못한 꿈을 후대가 이어받아 이룬다면 무덤에서도 얼마나 기뻐하시겠는가. 물론 하루아침에 되는 일이 아니지만 말이다.

혼인한 지 벌써 열다섯 해나 되어 그동안 태어난 아들은 장가도 들 때가 되어간다. 그러니 나도 얼마잖아 며느리만이 아니라 시어머니가 되겠지. 여성 수명 예순 살쯤으로 보면 서른 살 조금 넘은 나이이니 한창 일할 나이 아닌가. 시아버지의 가르침이 세상을 바꿀 수만 있다면 바꿔보라고 하셨기 때문이다.

그렇지만 공부만으로는 안 되는 것이 세상일이다. 그래서 굳건한 가부장제 아래에서 그동안의 생각을 펼치기에는 어려운 점이 한두 가지가 아니다. 그렇지만 각오가 선 이상 훈장직을 물려받은 남편의 도움을 받아, 한문보다는 덜 어려운 한글부터 가르칠 것이다. 여자라서 쉽지는 않겠지만 말이다.

먼저 어른들을 설득할 것이다. 장애인인 아들 문제로 우울했던 가정을 웃을 수 있는 가정으로 만들었다고 해서, 동네 분들로부터도 배기순 선생님이라는 대접도 받지 않는가. 그렇게 보면 내 생각을 어른들이 딱 잘라 안 된다고 하지는 않으실 것이다.

시아버지께서 저렇게 떠나지만 않으셨다면 응원도 해주시고 힘이 되어주실 텐데 아쉽다. 시아버지께서 얼마나 잘해주셨는가. 남편을 섬기며 자식 낳아 키워내는 현모양처로만 살아가게 그냥 두지 않고 공부까지 시켜주신 것이다.

"세상을 바꿔볼 생각까지 갖게 해주신 아버님, 상여를 타고 떠나시지만, 존경합니다."

잘 뛰놀던 맏아들이 다섯 살 때부터 소아마비로 자라면서, "엄마, 나 앞으로 걸을 수 있을까요?" 묻기도 했을 것이 아닌. 시어머니로서도 그렇게 말한 아들의 말에 억장이 무너졌을 것이다. 다른 집 애들은 멀쩡한데, 하필이면 내 아들만 소아마비 장애인으로 살아갈 수밖에 없다니?

동네 사람들은 대놓고는 아니지만, 집안 망신살이 끼었다고 입방아를 찧었을 것이다. 짐작이 필요 있겠는가. 어떤 집안은 그런 일로 조상의 묘를 옮기기도 했었다. 아무튼 시어머니의 생각은 '다른 집 아들도 아닌 내

아들이…' 하는 것이었을 것이다. 아들도 장애인이라는 처지 때문에 슬펐겠지만, 시어머니는 어미로서 너무도 불쌍해 그동안 속으로 얼마나 울었겠는가. "아들아, 미안하다 그렇게 된 너를 어쩌지 못하고 바라만 봐서." 그나마 훈장 집 아들이라는 이유 때문에 입방아는 덜했겠지만 말이다,

그런 사정에 내몰린 가정으로 속아 혼인해 들어온 것이 괜찮을 수 있겠는가. 그러나 혼인을 한 이상 싫다고 해서 도망갈 곳도 없다. 엉터리 생각이지만, 길이 있다면 목매달아 죽는 죽음밖에 더는 없지 않은가. 도망칠 생각이 거기까지 멈춘 것이다.

내가 웃었기에 가족 모두가 웃은 것이다. 웃어야겠지만 웃지 못할 일이 얼마든지 있다. 그렇지만 웃어야겠다는 각오면 못 웃을 일도 없다. 내가 웃으면 온 가족이 웃을 것이고, 가족이 웃으면 나도 웃게 될 것 아닌가. 가정에서 한평생을 웃으며 살자는데, 맘만 바꾸면 될 일을 바꾸지 않는 것은 또 뭔가. 다른 얘기지만, 이웃 사람에게도 '안녕하세요.' 한마디면 좋을 텐데, 그렇지 않은 경우가 너무도 많다. 안타깝다. 나를 못 보고 그냥 가는 사람에게 '지금 어디 가시는 거예요?' 하는 인사는 사회생활에서 기본이다. 이런 괜찮은 생각이 그냥 생긴 게 아니다.

친정어머니는 댁호가 함평 댁으로서, 이웃 간 다툼이 있을 때는 그런가 보다 하고 바라만 보는 게 아니라, 곧 달려가 화해를 시키려고 노력하시곤 했다. 타고난 성격이 그런지는 몰라도, 가만히 있으면 좀이 쑤신다고 하셨다.

"영산 댁이 그러면 안 되는데, 내가 생각해봐도 영산 댁이 잘못이네요. 잘못했지만 생각해보면, 영산 댁이 아니라도 실수로든 말 한마디 잘못했다가는 다툼으로 이어지는 것을 우리는 심심치 않게 봅니다. 그렇게 막말할 사람이 아닌데… 이렇게 너그럽게 봐주는 사람 아마 없을 겁니다, 성

인이 아닌 담에야. 그러니 동국 댁이 그냥 참아버리시오."

청년 시절 고향에서의 일이다. 다툴 일도 아닌데 술 한 잔이 분노조절 능력
을 떨어뜨려 한 친구가 주먹을 휘둘렀다. 그런데 그것이 상대의 몸에 상처를
입혔다. 그래서 상해죄로 고발을 당했고, 피해자 친구는 병원에 입원했다. 그
런데 가해자 친구가 당황한 얼굴로 찾아와 자초지종을 말하지 않는가. 상황
이 상황인지라 말 좀 잘해달라는 것이다. 그 말을 듣자마자 곧바로 입원해
있는 피해를 입은 친구를 찾아가서 말했다.

"야, 이 친구야. 너도 주먹이 있는데 왜 맞기만 했어? 아직은 쓸 만한 주먹인
데, 그런 주먹을 두었다가 어디다 써먹으려고? 그럴 때 안 써먹고 왜 맞기만
했어? 이 친구야, 그래, 이렇게 누워 있지만 말고 고발 당장 취소하고 퇴원해.
고발해서 얻어먹고 싶다면 몰라도… 술 한 잔 가지고 동네 친구끼리 고발까
지가 뭐야, 말도 안 되게. 동네 사람들이 뭐라고 하겠어? 정신 나간 사람이라
고 욕할 거 아녀… 다시는 안 볼 사람도 아니고 말이야."
그렇게 해서 화해가 되었다. 물론 가해자가 찾아가 잘못했다고 용서를 비는
것이 화해의 순서라고 해서, 가해자는 몇 시간 간격을 두고 찾아가 그렇게
했다. 하지만 그 친구들은 수년 전에 떠났다. 떠나지 않고 있다면 한마디 할
것이다. 지금은 아니냐고 말이다.
이웃 간의 다툼은 그들만 불편하게 하는 것이 아니라, 옆 사람까지 말 붙이
기 불편하게 한다고 친정어머니는 말씀하신다. 나는 어머니의 모습을 보고
자랐다. 며느릿감은 전날의 얘기만이 아니다. 오늘날에도 며느릿감은 친정어
머니가 모델이라는 것을 부모들은 기억할 필요가 있다. 남의 집안 며느리로
보내면서 돈 보자기에다 몸뚱이만 쌓아 보내서야 되겠는가. 참 인간이라는
정신까지도 보내려고 해야지. 정부 당국에 말한다. 문체부 산하에 결혼하기

전 결혼수업을 받도록 하는 부서도 두어라. 물론 강제적으로가 아니라⋯.

첫애를 가졌을 무렵의 어느 날이다.

애야(애가 없을 때만 '애야!'라고 부르고 애가 있고부터는 '애미야!'로 부른다), 그렇게 바쁘지 않으면 나와 얘기 좀 하자. 너는 우리 가정을 행복하게 만든 장본인이다. 그것을 이 시애비가 어찌 모르겠느냐. 다 안다. 다만 말만 안 했을 뿐이다. 그러니 너를 도울 일이 있으면 도와줄 테니, 어려워 말고 언제든 말해라.

이제 와서 말하기는 좀 그러나, 생각해보면 소아마비 장애인 아들을 장가도 보내지 못할까 봐 그동안 얼마나 맘고생이 심했는지 모른다. 그런 아들을 장가만이라도 보내려고 네 친정부모도 속인 것이다. 그래서 시애비이지만 네가 맘을 열 때까지는 네 눈치가 보이고 짜증이라도 낼까 봐 조마조마했다.

그랬지만 시집온 지 얼마 안 되어 네가 시어머니 곁에서 잤다는 말을 들었을 땐, 이 시애비 맘이 지금 죽어도 괜찮을 만큼 뭉클했다. 이것은 소문이 아니라 우리 집에서 일어난 일이기 때문이다

너는 아닐지 모르겠지만, 이 시 애비는 당장 자랑하고 싶었다. 살아가면서 자랑거리가 생겼다는 것은 얼마나 기분 좋은 일이냐. 자랑도 무엇이냐에 따라 다르겠지만, 너의 자랑은 못 해서 문제지 널리널리 자랑해도 될 일이다. 자랑했는지는 몰라도 네 시어미는 그늘져 있던 얼굴빛이 환하게 퍼지고 발걸음도 가벼워 보였다.

그래, 네가 수태를 했다니 반가운 소식이다. 태어날 녀석이 어떤 녀석일지 낳아봐야 알겠지만, 아들 손주를 낳아야 한다는 걱정이 있다면, 그런

걱정은 하지 마라. 아들 손주면 더할 나위 없이 좋겠지만, 이 시애비는 딸 손주도 고마울 뿐이다.

언제일지는 몰라도 아들딸 구분을 하지 말아야 할 시대가 올 것이 머지 않았다고 나는 본다. 그것은 새로운 시대가 열린다는 신호이겠지만, 서양 문물이 들어오고 있기 때문이다. 딸은 시집가버리면 그만이라는 잘못된 사고방식은 아들만 선호하게 하였다. 아들 선호가 하루라도 빨리 없어져야 할 양반 사회인 것이다.

양반의 숫자는 몇 명에 불과하지만, 지배권은 충분해서 그 위력은 마님 대접이었다. 생각하기도 싫지만 6·25 때는 양반들의 토지를 빼앗아 나눠 주겠다는 슬로건으로 머슴들을 꼬드겨, 사람을 죽여도 되는 감투를 씌워 주기도 했다. 물론 법으로 된 슬로건은 아니지만, 공산주의란 평등하자는 슬로건을 내걸고 있지 않은가.

그 때문이었을 것이다.

우리 고모 가족 세 명도 동네 사람들에 의해 살해되었다. 한 가족처럼 지내던 스물한 살 머슴이 장칼로 창문을 내리쳐 부숴버리는 섬뜩한 기억이다. 그것은 고모 가족이 미워서라기보다는, 많이 가진 것이 싫다는 표현 때문이지 않았을까. 아무튼 고모는 딸들뿐이지만 다들 예뻤던 같다. 이미 시집을 가버려 살해를 면한 누나는 팔십이 넘어서 세상을 떠날 때까지도 고왔다. 이렇게 고운 누나들 중에 제일 예뻤던 열여섯 살의 셋째 누나. 그 누나는 동네 사람들에 의해 살해당하고 말았지만, 어디든 데리고 다녔고, 졸졸 따라다녔던 기억이다.

그것을 이 시애비가 어쩌지 못하겠지만, 아들딸 구분하는 잘못된 사고방식은 버린 지 오래다. '아들을 못 낳으면 어쩌지?' 하는 걱정을 할까 봐 그런 건 아니다. 지금 말한 얘기를 동네 몇 분들에게만 우선 말했지만, 딸도 가르치라고 했다. 남녀유별이 문제가 된다면 거처하지 않는 방도 여러 개 있으니, 그 방을 여자들 공부방으로 할까도 생각 중이다.

혼인해서 자식을 낳고 기르고, 사회에 내보내고 하는 일이 어디 아내만의 일이겠느냐. 같이 애를 쓰는 것이지. 그렇게 보면 대등한 입장이지만, 공부가 없으니 아내들은 남편들의 종속물처럼 그동안 살아온 것이다. 현모양처가 바로 그것으로, 이런 잘못된 남녀 구분 풍습을 타파할 길은 없을까를 놓고 그동안 고민해오다가, 너를 보면서 그 고민이 절실해졌다.

어쨌든 과거만 붙들고 살아서는 후손들도 과거대로만 살 수밖에 없을 것이다. 이런 생각도 그냥 생긴 게 아니다. 『논어』『맹자』를 공부하면서 가슴에 새겨두지 않을 수 없는 주옥같은 말이 있는데, 배움을 머리에다만 담아두라는 것이 아니다. 내 것으로 해서 써먹으라는 것이다. '배움에만 있고 깊이 생각하지 않으면 도리에 어둡다'고 했다. 공부는 배움으로 끝나면 아무것도 아니니, 살 만한 세상으로 바꾸라는 의미의 말일 것이다.

그래, 아직도 너나없이 아들을 선호한다. 아들딸 낳는 문제가 자기 맘대로라면, 이 세상은 벌써 없어졌을 것이다. 남녀 비율이 가정마다 다를 수 있겠지만, 세계 인구를 보면 남녀가 같은 비율이다. 그것을 보면 알 수 있지 않겠나. 그것이 무엇을 말하는지는 더 설명이 필요 없을 것 같다. 그러니 아들딸 문제를 가지고 염려할 것은 하나도 없다.

아들이 많아 위세가 될지는 몰라도(농사는 근력으로 하기에 농경시대에는 남자를 그런 의미로도 봤다), 그런 위세도 얼마잖아 무너질 것이다. 네가 태어날 때 친정 부모님은 아들이 아니라서 섭섭하셨는지 몰라도 지금은 어떠냐. 물론 친정 부모님과 함께는 아니라도 말이다. 비록 여자지만 동네 어른들도 '먹골 댁'이라고 부르지 않고 배기순 선생님이라고 부르지 않느냐. 이름까지 붙여서 말이다.

맏아들 상천이 녀석이 커서 지금은 장가들 나이가 되어가지만, 그 녀석을 가졌을 때 그렇게 하신 말씀이 귀에 쟁쟁하다. 그러셨으나 며느리로서 시아버지께 효도까지는 못 해드린 것 같은데, 시아버지는 너무 많은 것을 물려주셨다. 시부모를 모셔야 하는 며느리로, 한 남편의 아녀자로 살아가야 할 시대에 글공부하게 하신 것은 사회적 분위기로 볼 때 상상도 못 할 일이다.

며느리를 공부시킨다는 것은 사회적 흉이 될 수 있음에도 시아버지는 그것을 뛰어넘으셨다. 지식으로만 살라는 게 아니라, 가르치는 선생님으로까지 살라고 하신 것이다. 그렇게 하셨기에 지금은 정식 훈장이 아니라 남편의 보조 역할이기는 하나, 동네에서 인정받는, 여성들을 가르치는 위치에까지 서게 되지 않았는가.

천도교 창시자 최제우의 얘기다. 최제우는 양반제도를 보면서 사회변혁이 절실했던 것 같다. 사회변혁을 효과적으로 이끌려면 종교를 내세워야 했고, 그런 의미로 여종을 수양딸과 며느리로까지 삼았다고 한다.

그런 최제우 얘기를 시아버지는 말씀하시며 며느리를 며느리 이상으로 아껴주셨다.

잊을 수 없는 기억이 있다. "너는 앞으로 여성 지도자가 되어라." 그 말씀을 덕담으로 하셨겠지만, 가히 충격의 말씀이었다. 때문에 글공부도 잘되었고, 그래서 한 가정의 아녀자가 아니라 선생님이라는 대접도 받게 된 것이다.

동네 어른들이 먼저 인사를 하려고도 해서, 그럴 때마다 나의 태도는 올바른지 살펴보게 되고, 잠들기 전에는 오늘은 무엇을 잘못했는지, 잘못했다면 왜 그랬는지 살펴보게 되고, 보다 나은 삶은 또 무엇인지를 찾아보게 된다.

여성들은 아직도 남성들을 위해 살아주는 모양새다. 그것을 따지지 않고 살아들 가지만, 남편은 먹골 양반, 또는 훈장님, 아내는 먹골댁이라고 부른다. 이런 호칭은 단순한 호칭 같지만, '높낮이가 있는데 생활에서 나타나고 있지 않은가.

몰라서 그렇지 않다면 여성들로서는 서운해할 일이 아닌가. 아내는 두 남자를 섬길 수 없어도, 남편은 건강만 허락한다면 여러 명의 여자를 거느려도 괜찮다는 것이다 (일녀다부〔一女多夫〕 민족도 있다지만 말이다). 큰마누라니 작은마누라니 셋째 마누라니 하며 오히려 그렇게 여러 명의 마누라를 거느리는 남자를 능력 있는 남자로 대접해주기도 했다. 그렇지 못한 남편들은 부러워했고, 그런 잘못을 아내들도 인정해버렸다. 하지만 그건 정말 잘못 아닌가. 다른 여자들은 몰라도, 나는 이것을 고치자는 것이다.

말도 안 되는 얘기일 것 같지만, 큰마누라는 자식들 시집·장가를 보내고 안주인으로 집안 대소사를 총괄하는 마누라이고, 작은마누라는 집안 농사일을 도맡아 책임진 일꾼 같은 마누라고, 셋째 마누라는 남편 잠자리 도우미 마누라였다. 1960년대까지도 그랬다. 이웃 동네 어느 집안은 형제 둘 다 마누라가 셋씩인 데다, 큰조카도 마누라 셋을 두었는데, 누가 알기라도 할까 봐 쉬쉬하는 게 아니라, 떠들썩하게 혼례식만 치르지 않았을 뿐 당당했다. 형님, 동서 하며 오가고, 나눠 먹고 그랬다.

세상을 바꾸고 싶다

소위 한문깨나 읽은 지식인이라고 하는 계층들이 만들어낸 삼강오륜.

삼강은 도덕의 중심이 되는 세 가지 강령과 사회질서를 말하는 오륜으로, 인간으로서의 도덕관념이다. 하지만 내면을 들여다보면 양반과 상민, 남존여비, 이것이 있을 수밖에 없는 강령이다. 이는 거룩하지도 거룩할 필요도 없는 한문 지식인들의 착각이었음을 누구도 부인 못 할 것이다. 한글만으로도 충분한 초등학교 교과 과목에 한문도 넣자는 주장들 말고는….

생각해보면 우리 민족은 삼강오륜을 인간의 절대가치로만 여기다가 일본으로부터 침략당하는 처참한 꼴을 당하고 말았다. 때문에 그 후유증으로 아직도 분단국으로 남아 우리나라 국민의 맘이 편치 못하다. 이렇게 된 것을 우리 민족의 운명으로 보기에는 조상들의 잘못이 크다고 하지 않을 수 없다.

북한 정권은 '서울 불바다'라는 말을 거침없이 쏟아놓는가 하면, 미국을 향한 핵 엄포를 일삼는다. 그런 엄포가 엄포로 끝날 거라고 믿기 어렵지만, 이렇게까지 된 것은 삼강오륜이 가져다준 양반들의 오류 때문이 아닌가. 동물의 세계는 그 특성상 순하면 강한 자의 먹잇감이 될 수도 있다. 그것을 우리 민족은 왜 몰랐을까? 우리 민족이 도덕심을 강조할 때, 일본은 세계를 정복하고자 총이라는 무기를 만들었다. 그들이 총을 만들 때, 우리 민족은 말도 안 되게 어린아이들도 어렵지 않게 만들 수 있는 활을 만들고, 적군을 물리치기에는 어림도 없는 활쏘기연습이나 하지 않았는가. 생각해보면 일본의 침략을 기다리고 있었던 것과 다름없다.

그렇게 된 것이 한없이 후회스럽다. 당시의 활이란 따지고 보면 적을 무찌르기 위한 무기가 아니라, 벼슬아치들의 놀이기구였다. 때문에 일본으로부터 나라를 빼앗기는 비참한 수모를 당했고, 적대적 남북으로까지 갈라졌다. 그리고 김일성의 야욕으로 인해 피비린내 나는 비참한 6.25 전쟁을 치른 것이다. 지금은 휴전이라지만, 사실상 전쟁 대치상황 아닌가.

이런 문제에 있어서는 일본이 한없이 밉다.

선열들은 독립(독립이라는 말은 우리가 아니라 일본인들이나 할 수 있는 말이므로 광복이라는 말로 바로잡아야 할 것이다)이라는 명분으로 목숨을 바치기까지 우리나라를 되찾기 위해 얼마나 많은 애를 썼는가. 그렇지만 선열들이 애씀으로 광복이 이루어진 게 아니라, 세계 정복을 꿈꾸는 일본의 야욕에 대해 미 연합군이 일본 본토에 핵무기를 사용해 항복을 받아냄으로써 우리의 광복인 것이다.

그런 광복이지만 북한 정권은 전쟁이라는 말을 거침없이 쏟아놓는다. 그럴지라도 현대 전쟁은 빼앗고 빼앗기는 시대는 지났다. 그렇지만 안심은 절대 금물이다. 비참한 6.25를 겪어본 입장에서 우리 국민은 그 어떤 것을 지불하더라도 전쟁만은 막아야 한다는 생각으로 임해야 할 것이다.

대통령에게 말하고 싶다. 북한이 '서울 불바다'와 같은 발언을 하고 악다구니를 부릴지라도, 정치적 얘기는 하지 말고 쌀도 좀 주고, 핵과 관련이 없는 도로건설 자재, 건설 장비도 달라는 대로 조건 없이 다 주라고, 남북, 지금은 전쟁 대치상황이라 당장은 어렵겠지만 통일은 될 것이다. 금액으로 환산해 연 10조 원 정도는 우리나라 경제 능력으로 감당할 만하지 않은가. 그런데도 북한이 핵을 포기하면 괜찮은 것(드레스덴 발언)을 주겠다니, 그런 말은 바보가 아니고는 할 수 없는 말이다.

함부로 하는 웃기는 말이라고 할지는 몰라도, 북한과의 전쟁은 매우 희박하다고 본다. 만약 오판으로 북한군이 우리를 향해 포를 쏜다 하자. 그러면 우리는 무기가 없고, 전투 병력이 없는가. 포병으로 근무했던 경험 얘기지만, 철책선이 가까운 전방에는 북한 목표물을 단 10m의 오차도 없이 초토화할 수 있는 무기들이 편각사각을 맞춰놓고 발사 명령만 기다리고 있다. 그러니 겁먹고 주식을 내다 팔기, 라면 사재기 등과 같은 호들갑을 떨지 말라는 것이다.

아무튼 도덕적 가치인 삼강오륜을 없애자는 게 아니다. 보다 나은 사회를 위해 책을 많이 보고, 거기서 지혜를 얻어 인간 중심을 갖자는 것이다. 그러함에도 윤리 도덕에 눌려 그동안 살아온 것이 여성들로서는 너무도 억울해서 보복이라도 하자는 걸까? 죽어라고 벌어온 통장을 몽땅 다 빼앗아갔음에도 더 내놓으라는 것은 아닐 테지만, 마누라 말에 순종하지 않으면 이혼장을 내밀지도 몰라 두렵다는 넋두리도 듣는다. 우스갯소리겠지만 전혀 엉터리 말이 아니지 않은가.

결혼만 해주면 이 한 몸 다 바쳐 행복하게 해주겠노라고 있는 말 없는 말로 어르고 달래고 해서, 딱 믿기는 어려워도 결국은 결혼에 응했다. 그러나 마누라 생각은 무시되고 오로지 남편만 받들고 살아야 할 형편들이 되었으니, 후회의 맘도 들었을 것이 아닌가. 물론 필자의 생각이기는 해도 말이다.

아무튼 그것은 현대와는 괴리가 있는 일이지만, 시대 상황으로 볼 때 남성들만이 아니라 여성들도 인정할 수밖에 없었을 것이다. 하지만 혁명의 깃발을 높이 들라고 외치는 당돌한 여성은 왜 나오지 않았을까? 사회 질서, 집안 질서를 무시하자는 게 아니다. 생각을 해보면 아내들은 남편들의 종속물처럼 살아왔다. 하지만 이제부터라도 그렇게 살지 말자는 것이다.

가부장 제도를 가정의 질서라고 말할지 몰라도, 어디까지나 남성 중심제가 아닌가.

이런 남성 중심제는 무너질 기미도 없이 굳건히 지켜지고 있는데, 그것을 누가 나서서 바로 세우겠는가. 바로 세우기까지는 어림없을지라도, 나서기는 내가 나서야지….

그래, 한 가정의 아녀자일 뿐이지만 각오는 섰다. 각오는 섰지만, 성공까지는 갈 길이 멀고도 험할 것이다. 이렇게 험하지만 각오를 세운 이상 물러설 수는 없다. 불굴의 의지로 나아갈 것이다. 성공은 후손들이 이어받아 이루도록 토대만이라도 만드는 것이다. 토대가 뭔가? 글공부를 시키는 것이다. 글공부 없이 사회변혁은 불가능하기 때문이다.

당시 김옥균은 새로운 시대를 만들기 위해 뜻이 맞는 사람들끼리 조직을 만들어 양반제도 폐지, 문벌제도 폐지 등, 개화에 걸림돌이 될 만한 것들은 치웠다. 그런 제도를 그대로 두어서는 아무것도 할 수 없다는 각오에서 먼저 정권 탈환을 모사했던 것 같다. 그런 모사가 성공은커녕 시도도 못 해보고 발각되는 바람에 실패하고 말았다. 하지만 김옥균의 정신을 시아버지께서는 높이 사신 것 같다. 김옥균의 개화를 존경만 할 뿐 더 나아가지는 못했으나 아들딸, 가족에게도 말씀하신 걸 보면 말이다.

지금은 안 계시지만 감사한 일이다. 아들딸 가족 모두를 대화의 대상으로 삼으셨다. 날마다는 아니지만, 저녁을 잡수시고는 야참도 내오게 해서 얘기 보따리를 풀어놓고 생각을 묻기도 하시면서 행복해하시지 않았는가.

수백 년 동안, 아니, 단군 이래로 지켜온 남성들이 쥐고 흔드는 봉건주의, 이런 잘못된 사회적 통념을 시아버지 말대로 당장 바꿀 수는 없겠지만, 시대를 바꿔보겠다는 각오다. 그런 각오로 나서기는 했으나 만만치 않다. 산을 옮길 만큼의 위력이 필요하기 때문이다. 그럴지라도 시도만이라도 해야겠는데, 여자의 목소리가 울을 넘어서는 안 된다는 시대적 통념이 걸림돌이 된다.

이런 일이 어렵지 않았다면 다른 사람들은 지켜만 봤겠는가. 누구도 나서지 못하고 시대가 바뀌기만을 바랐을 뿐일 테지. 그것을 안 이상 생각에서 그치면 죄를 짓는 일이다. 그러니 글공부를 시켜서라도 사회는 여성들도 자기 능력을 발휘할 수 있는 시대로 바뀌어야 한다는 생각에 잠겨 있다.

그때 "엄마는 무슨 생각을 그렇게 심각하게 해?" 하고 아홉 살짜리 넷째 딸이 말한다. "아니야 별것 아니야."

세상에 태어났으면 거침없이 살아갈 필요가 있다는 맘으로 키워서 그럴까? 우리 아이들은 자기 생각을 거침없이 말하지만, 넷째 딸은 엄마의 유전자를 그대로 닮았을까? 천방지축으로 뛰놀다가도 궁금한 것이 있으면 제 아빠에게 다가가 묻곤 한다.

엄마인 내게 물어도 될 일임에도 말이다. 그런 넷째 딸의 모습은 엄마로서 나쁘지 않다. 이것이 내가 꿈꾸는 사회요 가정이며, 가정에서의 웃음소리가 인간사회를 밝게 하는 바로미터라고 보기 때문이다.

오늘날엔 그렇지 않지만, 자식이 말 안 듣고 속상하게 하면 아버지는 죽지 않을 만큼 두들겨 팼다. 또 엄마는 육두문자 사용을 상식으로 했다. 빌어먹을 새끼, 염병할 새끼, 호랑이 열두 번이나 물어갈 새끼, 오살헐 새끼, 육시헐 새끼, 바보천치 같은 새끼… 전라남도에서는 1960년대까지도 그랬다. 물론 이것은 양반계층 봉건주의의 유물로, 대다수가 아닌 소문난 욕쟁이가 그랬다. 하지만 조심해야 할 말 중 혼낸다는 말이다. '혼낸다'는 말은 '죽인다'는 말이기 때문이다.

그런 욕이 어디 진심이었겠는가. 화가 치밀어 그랬겠지만, 못되라는 저주의 말까지는 너무 심하지 않은가. 왜 이런 저주의 말을 거침없이 내뱉는 걸까? 글공부를 못 한 무식의 탓이다. 누구를 탓하겠는가. 공부를 못 하게 한 환경을 탓해야지. 요즘이야 그렇지 않아 다행이나, 자식을 자기 소유물로 여기려는 태도는 욕을 그렇게도 해대던 전날의 부모들만의 태도가 아닌 것 같아 씁쓸하다.
자식에게서 잘못된 행동이 보이면 인내를 갖고 함정이 있다는 것만 말하고, '세상에 태어난 이상 태풍이 불어도 넘어지지 말고 저 푸른 하늘을 훨훨 날아라. 이렇게 말하면 안 되는 걸까. 부모는 보호해주고, 자식은 보호를 받아야 할 대상이라면 말이다.

각오한 일이 잘되리라는 바람뿐이지만 동네 아이들, 아낙들 글공부만이라도 시킬 각오다. 그 이상의 대담성은 김옥균처럼 목숨을 내놓는 각오라야 해서, 그렇게까지는 못해도 글공부들을 시켜 조금씩이라도 고쳐나갈 것이다. 글공부는 지혜를 갖게 하고 보다 나은 시대를 만들어보겠다는 각오의 일일 것이다.

이런 생각을 갖기까지에는 친정부모가 계셨고, 시아버지가 계셨다. 그러니 순종하는 맘으로라도 새 시대를 열 각오다. 후손들이 바통을 이어받아 결과 맺으면 된다. 아내가 글을 알면 남편을 우습게 여길지도 모른다는 생각은 기우였다고 말이 나오게 가르칠 것이다. 그런 각오지만 어른들 사이에서는 암탉이 울면 안 된다고 반대가 거셀지도 모르는 일이다. 그렇지만 어른들을 설득할 것이다. 어른들을 설득하는 것이 내가 보여줄 능력이지 않겠는가. 어른들 설득 능력은 남성들만의 것이 아닐 것이다. 여자들도 얼마든지 할 수 있다. 지금까지 받아온 대접은 먹골 댁이 아니라 배기순 선생님이다. 그것을 최대한 활용할 것이다.

그렇지만 생각처럼 잘되리라고는 안 본다. 무슨 일이든 당장 효과로 보이는 것 말고는 어려울 것이기 때문이다. 어렵지만 이런 각오는 점점 더해가는 걸 어찌하랴. 여성들을 글공부시키면, 효도는 물론 남편을 위하고 자녀들도 잘 키워서 사회를 밝히는 큰 그릇들이 되게 하리라는 믿음 때문이다.

사회에 큰 그릇이 되는 것은 자기 능력을 키워나가는 데 있지, 사주팔자니 명당이니 궁합이니 하는 것에 있지 않다. 그것들은 아무것도 아니다. 시아버지께서는 그런 말씀까지도 해주셨지 않은가. 글공부를 하다 보니 새로운 세상을 만들어야겠다는 각오가 생겨 이렇게까지 나서게 된 것이다.

물론 행동으로까지는 아직 이어지지 않았으나 이런 일을 누가 하겠는가. 내게 주어진 사명으로 알고 뛸 것이다. 글공부를 한 가정이 더 행복하다면, 싫다고 할 누구도 없을 것이기에 그렇다. 학교라는 말도 그렇다. 동네 아낙들은 생소할 것이다. 나도 마찬가지로 생소하나, 배재학당 얘기를 듣다 보니 학교가 그려진다.

학생 여러분!

오늘부터는 학생들이라고 하겠습니다. 생각을 해보면 우리 부모님들께서는 그럴 수밖에 없었기는 하나, 과거에만 열심히 살아오셨습니다. 그것이 나쁘니 고치자는 게 아닙니다. 더 좋은 것이 무엇인가를 찾아 새롭게 다듬어 후손들에게 물려주자는 것이지요. 그게 제가 생각하는 글공부입니다. 글공부는 새로운 세상으로 바꾸자는 데에 목적이 있습니다. 이렇게 글공부를 할 수 있는 것만으로도 세상이 바뀐 것으로 봐야 하지 않을까요.

물론 공부가 무엇인지 알고 싶어서 이렇게 와주셨겠지만, 저로서는 고마운 일입니다. 글공부가 무엇인지 뒤에서도 다시 말씀드리겠지만, 우선 말씀드린다면, 인간은 지배하고 지배를 받고 그런 사회구조가 아니라, 서로 동등함을 인정하면서 살자는 것이 글공부라는 것입니다.

인간사회에서 없어져야 할 병폐 중 하나는 지배자와 피지배자의 관계, 곧 권위주의이지요. 짐승들 세계에서야 힘의 논리인 잡아먹고 잡아먹히는 것이 자연일 수밖에 없고 그것이 생태계지만, 머리를 맨 위로 두고 살아가는 인간은 타인을 위하겠다는 배려와 지키겠다는 도덕심이 있지 않은가요.

이런 배려와 도덕심은 살아가는 방법만 다를 뿐 인간관계는 위아래가 없다는 데서 출발합니다. 그렇지만 지배하겠다는 심리는 사람마다 있어서, 그러면 안 된다고 가르치는 교육 현장은 물론 종교 지도자들조차도 그것을 버리지 못하는 것은 무엇 때문일까요. 누구보다 잘 지키려고 노력만이라도 해야 할 입장들인데 말이에요. 교육의 본디가 참인간에 있다면, 배우는 입장들이야 아닐지라도 가르치는 입장들만은 좀 달라야 하지 않을까요.

그렇다고 해서 내 권리를 되찾기 위해 상대를 힘들게 한다면 글공부를 안 하니만 못할 수도 있습니다. 글공부는 나도 좋고 상대도 좋아야 한다는 것이 제가 생각하는 글공부입니다. 그러니 오늘 이 시간부터 행동으로 보여드리는 것입니다. 행동이 무엇입니까. 그동안은 마지못해 도와드렸던 집안일도 감사의 맘으로 도와드리는 것입니다.

같은 일이라도 좋아서 하는 일과 마지못해 억지로 하는 일은 능률도 그렇지만 질적인 면에서도 많은 차이가 날 것입니다. 힘든 것도 마찬가지입니다.

누구든 그렇겠지만 소득이 있는 일은 힘든지도 모르고 하지 않습니까. 그것을 긍정과 부정으로 말할 수 있겠는데, 이것도 그냥 있어지는 게 아니라 배움에서 있어지는 지혜입니다. 지혜는 행동으로 나타나게 되는데, 나로 그치는 것이 아니라 후손들에게까지도 이어지게 하자는 것입니다.

제가 말하는 글공부는 어려운 한문이 아니라 우리글인 한글을 공부하는 것입니다. 열심에 따라 아주 쉬울 수 있는 글이 한글입니다. 이런 한글을 알게 되면 책도 보게 되고, 그래서 지식도 더해져 옳고 그름의 판단이 서고 그러지 않겠습니까.

이런 한글을 창제할 때는 훈민정음이라고 했지요. 그런 훈민정음을 국문으로 해서 소설 『설공찬전』, 『홍길동전』이 나왔지요. 그리고 조금만 배우면 읽을 수 있는 한글 성경이 나왔습니다. 선교 목적이기는 했지만, 선교사들이 책답게 만든 것이 오늘의 한글 성경입니다. 그런데 이런 한글을 우리만 배울 게 아니라, 어른들도 배우도록 독려할 겁니다.

농한기에는 농사일이 없지요. 여자들은 그래도 길쌈을 하지만, 남자들은 다음 해 농사철 때까지는 할 일이 없어서, 심심하다는 이유로 잡기인 윷, 바둑, 장기, 투전, 골패 등 돈 따먹기 놀이들을 하죠. 그 때문에 땅문서까지 팔아먹고, 심지어 마누라를 잡히고 놀음을 했죠. 이런 말은 어디까지나 소문이지만, 이웃 동네 맹 씨는 마누라가 셋인데 그중 하나는 놀음판에서 딴 여자라는 말도 들었습니다.

물론 들은 게 다 진짜는 아니겠지만, 아무튼 우리는 그것을 막자는 차원에서도 글공부할 것입니다. 여자가 너무 나댄다고 말할지 몰라도, 세상을 떠나서서 지금은 안 계시는 스승님 같은 시아버지께서 말씀하셨습니다. "비록 여자지만 세상을 한번 바꿔봐라"라고. 그 말씀이 내 이 가슴에 꽂혔습니다.

먼 동네까지도 소문이 났을 줄로 알지만, 보다시피 나는 잘 걷지도 못하는 소아마비 장애인과 혼인을 해 자식을 두고 살아가고 있습니다. 그것이 처음에는 너무도 싫었습니다. 싫었지만 생각을 바꾸니 싫어할 필요가 없어졌습니다. 아니, 내가 이렇게 한글이라도 가르치는 사람으로 대접받게 된 계기는 속아서 소아마비 장애자를 신랑으로 맞이한 데 있습니다.

당시는 싫었지만, 싫은 것이 내 인생을 책임져주지 않는다면 생각을 바꿔야지 다른 수가 없지 않은가, 그래서 용감하게 받아들였기에 얻은 복이라고 저는 생각합니다.

그렇게 보면 복은 사주팔자 때문도, 조상의 묘가 명당이어서도 아니라, 스스로 만드는 것입니다. 그러니 이제부터는 사주팔자라는 말도, 무당의 말도 들을 필요가 없습니다. 세상에 태어나면 어려운 것들이 내 앞에 놓여 있지 않은 사람이 몇 명이나 되겠습니까. 늙고, 병들고, 결국에는 죽을 수밖에 없는 것이 사람의 운명입니다. 그러니 여러분들은 새로운 생각으로 집안 어른들을 잘 모시되, 아닌 것은 화를 내실지 안 내실지를 살펴 기분이 제일 좋을 때를 골라 설득하십시오. 그것이 우리가 지금 배우는 공부이기도 하기 때문입니다.

아내 분들은 그동안 못 해본 일이라 좀 어색하겠지만, 남편의 발도 씻겨드리세요, 처음에야 흉이라도 될까 봐 "지금까지 없었던 무슨 짓을 하려는 거야!" 하며 싫다고 할지 모르겠습니다. 만약 그런다면 공부한 대로 하는 것이라고 말씀하세요. 발 씻기는 것 가지고 두들겨 팰 남편은 아무도 없을 것입니다. (씨받이는 1960년대까지도 흉이 되지 않았다. 아내가 아들을 낳지 못하면 그 집안의 대를 이을 아들을 대신 낳게 하는 것을 말한다. 이렇게 남성중심 사회에서, 여성은 상대적 약자일 수밖에 더 있겠는가. 그런 이유로든 매 맞지 않는 아내는 남편이 좀 모자라서라는 말도 했다.)

물론 종일 일만 하느라 피곤해서 눕고 싶겠지만, 많은 시간이 필요 없습니다. 맘이면 될 건데, 세상에 쉬운 일이 있다면 무엇이 있겠습니까. 여자들이야 아니지만, 남자들로 보면 기생들 치맛자락에다 돈 뿌리고 다니는 한량(閑良)들일까요? 그런 남자들에게 물어보면 나름의 어려움이 있다고 하겠지요. 민망하지만 정력이 약하다나…, 뭐 그러지 않을까요.

아무튼 가정에서 글을 배우도록 배려해준 것만으로도 고맙지 않습니까. 아내가 남편을 위하는데 아내를 무시하는 남편이 있다면 손 붙들고 말하시오. "여보, 당신이 그러면 나는 싫어요." 그러나 그렇게 한다고 해서 곧 고쳐질 것으로 생각은 마시오. 그동안의 버릇이 아내 말 한마디로 고쳐지면 좋겠지만, 결코 그러지는 않을 것입니다. 그러나 맘에 들게만 하면 남자들은 어리석은 데가 있어서, 전혀 새 사람까지는 아니라도 고쳐질 것입니다. 혼인 나이로 성장했다면 혼인은 당연하지만, 여자는 사랑받기 위해 시집간 거 아닌가요. 그렇지만 노력 없이는 아무것도 얻을 수 없다는 것을 여러분은 기억해야 할 것입니다.

다 아시는 일이라 제가 말하기는 좀 그렇지만, 저도 건강은 물론 잘생기고 나를 생각해주는 신랑이기를 맘속으로 그렸습니다. 그랬는데 남편은 지팡이를 짚고도 걷기 어려운 장애인이 아닙니까. 그래서 성스러운 혼례식에서 말도 안 되게 족두리를 벗어 내던졌습니다. 그랬지만 결국 문 씨 집안 며느리가 되었어요.

그러기는 했으나 신랑은 말할 것도 없고, 시부모님은 며느리인 내게 미안해서 하고 싶은 말도 못 하고 그랬을 것입니다. 물론 많은 날이 아닌 며칠뿐이기는 했어도. 지금은 아들딸 낳고 사는 것을 보고 세상을 떠나신 시부모님을 생각하면 죄송한 맘입니다만, 그랬습니다.

세상을 바라보는 눈치는 세상에 태어나 눈뜨기 시작할 때부터라고 합니다. 그러면 훈장으로 대물림받은 남편도 소아마비 앓기를 다섯 살 때라니, 비록 어리기는 해도 '아, 나는 살아갈 가치가 없는 존재구나' 하는 생각을 하지 않았을까요. 소아마비 장애인인 것을 다른 사람이 보기라도 할까 봐 방안에 가둬놓다시피 했을 테니까요. 장애도 내 의지로 된 장애가 아닌데, 부모로부터도 따듯한 밥 한 끼 얻어먹으려도 눈물이 났을 것입니다.

장애인으로만 평생을 살 거면 죽어주는 것이 집안을 살리는 길이라는 극단적인 생각도 하지 않았을까. 이것이 당시의 장애인 대접입니다. 어찌 어찌해서 장가들어 자식을 두어도 효도는커녕 자식들한테 두들겨 맞고, 아내한테도 두들겨 맞기도 했지요. 그것을 이웃이 안다 해도 그러지 말라고 가로막지 않았다고 합니다.

학생들 앞에서 이런 말까지 해도 될지는 모르겠으나, 우리 남편은 보시는 대로 지팡이를 짚고도 잘 걷지 못하는 장애인입니다. 지금은 괜찮아졌지만, 처음에는 친정아버지를 얼마나 원망했는지 모릅니다. 건강하고 멋진 신랑감들이 동네마다 있는데, 그런 신랑감들은 다 놔두고 하필이면 사람대접도 못 받는 장애인을 신랑으로 맞게 해주시다니요. 생각하면 말도 안 되는 일이지요. 신부 족두리를 벗어 내던진 것도 그 때문이었습니다.

세상 물정을 모르는 철딱서니 없는 짓으로 혼례식장을 발칵 뒤집어놓고 말았다는 것이 지금에 와서는 미안한 일이지만, 그때는 가마를 타고 오면서도 얼마나 울었는지 모릅니다. 거울을 보니 눈이 퉁퉁 부었어요. 그것을 바라보는 신랑의 맘은 어땠을지 학생들은 상상이나 됩니까?

"다른 집 자식들은 다 멀쩡한데 나만 이렇게 장애인이 되어 안 좋은 꼴을 다 당하다니…"

신랑은 그런 생각이 들어 세상을 원망도 했을 것입니다. 색시를 맞이한 신랑은 세상을 다 얻은 것처럼 좋아해야 하고, 며느리를 맞이한 시부모님도 가정 모두가 행복해야 할 건데, 그러기는커녕 시집 분위기가 꽁꽁 얼어붙었습니다.

물론 신랑도 어쩔 줄 몰라 했겠지요. 집안 분위가 그런 것을 보고 저는 무섭지 않을 수 없었습니다. 혼인했으면 신랑과 함께해야 함에도, 며칠간은 함께하지도 못하고 울기만 했습니다. 물론 소리까지는 못 내고 속으로만 이었죠.

그런 신부를 신랑이 어찌 모르겠습니까. 어디 알기만 했겠습니까. 토라진 색시 맘을 달랠 수도 없어 애만 태웠을 것입니다. 그때 그랬었느냐고, 기회가 되면 추억담으로 물을 수도 있겠으나, 지금은 그럴 필요도 없는 삶입니다. 그래요, 혼인은 행복하자는 데 그 의미가 있지 불행하자는 데 있지 않을 것입니다. 저도 마찬가지 맘이었지만, 세상살이가 내 맘대로가 아닐 수도 있겠다는 생각이 들기 시작했습니다.

제가 여러분들에게 글공부 얘기는 않고 엉뚱한 얘기를 하는 같지만, 생각을 바꾼 것도 많은 공부는 아니나 친정 부모님, 시부모님으로부터 배운 글공부 때문이라고 저는 생각합니다. 가르칠 만큼은 글공부를 한 건 아니지만, 글공부가 무엇인지를 설명하자면, 글공부는 세상이 어떻게 돌아가는지 정도는 알고 살자는 데 그 목적이 있습니다. 글공부의 가치는 가정과 사회에 기여하는 데 있다고 봅니다. 이것을 무시하는 글공부는 아무것도 아니라는 생각입니다. 물론 누구를 위한 글공부가 아니라, 스스로를 위한 글공부이지만 말이죠.

보시다시피 우리 집은 훈장 집입니다. 그래서 여러분들은 한문 공부를 하고 있습니다. 그렇지만 한문 공부는 발전적이지 못한 공부일 뿐입니다. 도서점에 나와 있는 책마다 한글로 되어 있어서, 그런 책들을 보려면 한글 공부를 해야 합니다. 한문은 『주역』까지는 읽어야 한문 공부를 했다고 한다는 것 같습니다. 그러려면 십여 년은 공부해야 한다고 합니다.

그렇지만 거기서 얻어지는 유익이 무엇입니까. 이렇게 말하면 한문 공부에 뜻 있는 분들이 화낼지 몰라도, 명당이나 봐주고 사주나 봐주고, 글 깨나 읽은 양반으로 대접받자는 것밖에 더 있습니까.

책이란 자기 생각을 심혈을 기울여 문자로 펼쳐놓은 것이다. 그런 책들을 보라고 도서관마다에는 양서들을 진열해놨다. 그렇지만 그런 양서들을 집어드는 독자층이 얇아 보인다. 아쉽다. 듣는 얘기로 선진국일수록 양서들을 많이 본다는데…;

그러면 우리나라는 아직도 개발도상국이란 말인가. 내 책 『그대의 영혼 어디를 향하고 있는가』 『객관식을 향한 주관식』 『빛으로 흐르는 강』을 봤다는 독자에게 물었더니 스토리 정도만 알고 있다. 그러면 가치가 없는 책이라는 건가? 말을 기록해놓은 것이 책 아닌가. 다시 말해 글자가 아니라 말이다. 물론 재미있는 얘기책이 있고, 기억하라는 책도 있지만 말이다.

우리는 여기서 깨어나자는 의미로 하는 것이 한글 공부입니다. 한글 공부는 한겨울이면 책을 볼 만큼 쉬운 글입니다. 물론 글공부도 열심에 따라 개인차가 있겠지만 그렇습니다. 그러니 우리 큰맘 먹고 한글 공부 한 번 해봅시다.

글공부를 열심히 해서 책도 보고, 거기서 삶의 가치도 터득해 대접받는 여성들이 됩시다. 남편들이 들으면 화낼지 몰라도, 아내는 남편 말에 고분고분하고, 자식들을 잘 키우는 현모양처로만 살아주기를 바라죠. 그것이 지금까지의 남편들 사고방식으로 인정할 수밖에 없다 해도, 우리의 공부는 거기에 있는 게 아닙니다.

　제가 말하는 글공부의 목적은 어떻게 하면 남편들이 아내의 생각을 존중하며, 자식들도 어떻게 해야 똑똑한 자식으로 키울 것인가에 있습니다. 글공부를 하지 않으면 무식하다는 말을 듣게도 되고, 무식하면 바보로까지 취급당하기 쉽습니다. 남편들로부터도 바보 취급을 당해서야 되겠습니까. 그동안 우리는 공부를 못 해 바보로만 살아왔습니다. 바보라는 말 듣지 않기 위해서라도, 늦기는 했지만, 이제라도 공부를 합시다.
　오늘은 여기까지만 말씀드리겠습니다. 말이 너무 길었는지 모르겠습니다. 그러나 글공부를 하다 보면 지금까지 말한 것이 이해가 될 것입니다. 아무튼 머리에다만 담아두는 그런 공부는 아무것도 아니라는 생각에서 당부드리는 말씀입니다

1960년대까지도 남편들은 한글을 모르는 아내를 두고 바보라고 스스럼없이 내뱉곤 했다. 바보라는 말을 내뱉는 남편도 마찬가지 무식한 바보일 수 있는데도 말이다. 그래서만은 아닐 테지만, 노년에 한글 공부를 해 책을 볼 정도로 실력에 오르면 귀여운 손주들에게 손 편지도 쓰고 나름의 시도 써서 책으로까지 낸다지 않는가. 노년에 글을 쓴다는 것은 걱정이 될 수도 있는 치매 예방에도 유익이 되지 않을까. 책까지는 아니더라도 편지를 써보라고 권하고 싶다. 아내에게, 남편에게, 자식들에게, 손주들에게 말이다. 젊었을 때 회사 경비로서 회장에게 편지를 썼는데, 감동을 받으셨는지 사장단 모임에서 자랑도 했다는 것 같다.

동네분들에게

과거만 지켜 오신 동네 어른들에게도 글공부가 무엇인지 이유를 들어 말씀드릴 것이다. 그래야겠다는 생각은 수년 전 "너는 세상을 바꿀 여자다"라고 칭찬하신 시아버지 말씀을 듣고서부터다. 시아버지께서는 걱정스러운 장애아들과 잘살고 있어서 고마운 맘에 덕담으로 하신 말씀인지 모르겠지만, 그런 덕담을 덕담으로만 듣지 않은 것은 내일의 꿈이 있기 때문이다.

그래서인지 동네 어린이들이 내 눈에 들어온다. 저 어린이들을 지금대로 그냥 두었다가는 조상 대대로 이어져 온 봉건주의 사회에서 벗어나지 못하지 않겠는가. 우리 집도 훈장 집이라 한문 공부를 하는 학생들이 있어서 말이 안 될지 모르겠지만, 한문 공부는 윤리 도덕을 절대시해야 한다는 것밖에 더는 없다. 저 어린이들을 발전적이지 못한 한문 지식에서 벗어나게 주어야 한다. 어린이들은 나름의 꿈을 꾸며 살아갈 자격자들이기 때문이다. 한문 공부는 효를 말하고 있다. 효를 무시하진 말아야겠지만 말이다. 어른들에게 말할 것이다. 어린이들은 어른들의 종속물이 아니라고, 그러니 인간답게 살아갈 수 있는 나름의 길을 열어 주어야 한다고 말이다.

　부모는 자식을 위해 모든 것을 포기하도록 설계되어 있음에도 알려고 하지도 않는다. 몰라서도 그러겠지만, 공부를 많이 한 지식인들조차도 노년에는 효를 바란다. 안타깝다. 이런 문제에 대해서도 말할 것이다. 새로움에 도전하게 하고 응원도 해주라고…

　이 아침 밥상은 그동안의 생각을 말씀드리기 위해 의도된 것이다. 그래서 어린이들까지도 와서 내 얘기를 들었으면 해서 음식 장만도 넉넉하게 했다. 맛을 잘 내는 동네분들 솜씨를 빌려서. 명분이야 일곱째 딸아이 돌이지만 말이다.

　"어르신들, 안녕하세요! 간밤에 잘 주무셨지요? 지금 이 상은 제 일곱째 딸아이 돌상입니다. 그런 줄 아시고, 맛은 어떨지 모르겠으나 많이들 드십시오. 이런 일이 아니라도 어르신들에게 대접을 자주 해야 할 텐데, 생각에만 머물러 있어 죄송합니다. 아무튼 바쁘실 텐데도 이렇게 와주셔서 감사합니다. 어르신들이 이렇게 오셨으니 그동안의 생각을 말씀드리고 싶습니다. 드리고자 하는 말씀은 좀 길어서 불편하실지 모르겠습니다. 불편하시더라도 참고 들어주시면 감사하겠습니다.

　어르신들, 제가 누구인지 말씀을 안 드려도 아시지요. 저는 훈장이셨던 문정출 씨의 맏며느리일 뿐 아무것도 아닙니다. 그런데도 어르신들께서는 저를 배 선생님이라고 대접도 해주고 계십니다. 한 가정의 아녀자일 뿐인 제가 선생님이라는 대접을 받는 것은 솔직히 부담스럽습니다.

　그렇지만 그동안에 뜻한 바가 있습니다. 뜻한 바란 무엇이냐 하는 것은 뒤에 말씀드리겠습니다. 우리 동네는 전에도 그랬을 테고 제가 시집오고서도 더 없이 살기 좋은 정산마을입니다. 이렇게 살기 좋은 정산마을을 누구도 아닌 한 가정의 아녀자가 엉뚱한 말로 어수선하게 해서는 안 된다는 것을 저도 잘 압니다. 그런 줄 알면서 여러 어르신들 앞에 이렇게 서는 게 버릇없을지도 모르겠습니다. 그래서 말씀드린 문제를 놓고 밤새 고민했습니다.

어르신들, 여자 목소리가 높아서는 안 되겠지요? 그래요, 말해 뭘 하겠습니까. 한 가정의 아녀자가 어르신들 앞에 나서는 일은 지금까지 없었을 텐데, 제가 이렇게 나서는 것은 동네가 망할 징조가 아닐까? 이런 버릇없는 생각도 하게 됩니다. 그렇지만 어르신들께서는 제 얘기를 듣고자 이렇게 앉아 계시는 줄로 알고 말씀을 드리겠습니다.

제가 어르신들에게 드리고자 하는 얘기는 자녀들에게 공부를 시키자는 것입니다. 그것도 아들 딸 구분하지 말고요. 그것이 잘못이 아니기에 자녀들을 공부하도록 보내주세요. 공부를 하지 않으면 바보 대접받고 살게 됩니다. 글공부해서 똑똑한 것까지는 아니라도 사람답게 살게 해주자는 것입니다. 할 말이 아닐지는 몰라도, 부모는 자식을 위해 살아주는 것입니다. 다시 말씀드리자면, 지금의 자식들을 대접받는 사람으로 살아가게 해주자는 것입니다.

"나는 어쩔 수 없이 글공부도 못 하고 살지만, 이 세상은 너희들 삶의 무대이니 그런 줄로 알고 훨훨 날아라. 날개를 달아주는 것입니다."

'자식만을 위해 살지 말라'는 말은 물질을 가지고 하는 말 아닌가. 슬픈 일이 아닐 수 없다. 묻고 싶다. 물질이 자식 문제보다 더 중요한가? 아니라면 다시는 그런 말 하지 마라. 남의 말일지라도 말이다. 보도에 의하면, 가진 것 자식들에게 다 빼앗겨 어려움에 처한 부모가 적지 않다고 한다. 부모는 누가 뭐래도 자식을 위해 살아주어야 한다고 보는 입장에서 보면, 모든 생물체는 후손을 위해 설계(창조)되어 있지 않은가. 그것을 모르지 않을 테지만, 왜 인정하지 않으려는지 모르겠다.

자식들에게 상속으로는 물려줄 것이 있다면, 그것이 무엇이든 미리 결정을 내려라. 자식들이 그런 줄 알게 말이다. 아무리 늦어도 환갑 때까지는 결정해라. 그러지 않고 영원히 살 것처럼 미적거리다가 세상을 떠나면 나쁜 아버지로 전락하고 만다. 아니, 오래도록 산다 해도 나이 들어 돈벌이를 못 하면 부모 재산에 매눈들이 된다. 그 때문에 형제자매들이 철천지원수가 되는 경우를 우리는 보도가 아니라도 보고 있지 않은가.

재산을 몽땅 주었음에도 많지 않은 용돈조차 안 준다고 재산반환 청구소송을 하는 것은 또 뭔가? 듣기조차 민망하다. 세상을 그런 바보로 살지 말자는 것이 나의 생각이다. 바보는 세상 지식이 있고 없고를 말하지 않는다.

이런 말을 하는 입장인 나는 재산이 없어 그렇게 하지는 못하고, 시집·장가드는 문제로 가족회의를 열어 '사귀고 있는 중이라면 당장 결혼하라'고 했다. 그래서 대학을 졸업하자마자 다 결혼을 했다. 잘했는지는 모르겠다. 아버지는 집안의 중대사를 결정 짓는 어른이라는 것을 기억할 필요도 없다. 그러니 자신을 위해 살 거면 고약한 말일지는 몰라도, 노년인구 팽창 시대에서 하루빨리 떠나는 것이 사회 모든 분들을 위해 바람직하다.

"힘든 일이 있으면 언제든지 말해라. 해결까지는 못 해주어도 잘되기를 빌기만이라도 할게."

이것이 부모인 것이다.

"저는 복이 많은 여자입니다. 우리 친정부모님은 좀 앞선 생각이셨을까요? 천방지축으로 뛰어놀아도 제재하기보다는, 남에게 피해를 주는지 안 주는지 하는 것만 보셨던 같아요. 또 여자지만 얌전만 해서는 발전이 없다고 생각하셨는지, 한문 공부도 시켜주셔서 『대학』까지는 배웠습니다. 본격적인 공부는 시아버님으로부터 했는데, 한글은 한문 공부를 하면서 덤으로 배웠습니다. 한글은 한자보다 낮은 글 같지만, 앞으로는 한글 시대가 될 것으로 저는 바라봅니다. 이유는 어려운 한자보다 배우기가 쉽다는 데 있습니다. 아무튼 글공부 없이는 자기 능력이 묻히고 맙니다.

저는 며칠 전 아이들 데리고 친정에 다녀왔습니다. 친정아버지 생신을 맞춰 다녀왔습니다. 시집간 자식이면 누구도 그렇겠지만, 친정에 가서 부모님을 뵈니 눈물이 났습니다. 이제는 괜찮아졌다고 하시지만, 유행성 감기에 고생을 많이 하신 것 같았습니다. 출가로 인해 멀리 살기에 소식을 전해 듣기 전에는 친정 부모님이 어떻게 계시는지 알 수는 없는 채로 우리는 살아가고 있고, 저도 마찬가지입니다.

그렇기는 하지만 아무것도 모르고 있었다는 것이 얼마나 죄송한지, 내가 딸이 맞나 하는 생각이 들었습니다. 그런데도 친정아버지는 이렇게 말씀하십니다.

"친정 생각도 고맙지만 시집에서 칭찬받고 사는 그것이 더 좋다. 그러니 앞으로는 그런 줄 알고 살아라. 그리고 네가 이렇게 왔으니 하고 싶은 말이 있다. 귀담아들을 것까지는 없을 것 같고, 여담으로 들어라. 아버지는 새로운 생각을 갖자는 생각으로 교회에도 나간다. 거기서 듣는 얘기 중에 우리로서는 상상도 못 할 자동차가 굴러다닌다는 미국의 얘기도 듣는다. 대량생산 방식으로 값싼 자동차를 만들어 농민들은 농산물을 자동차로 나른다고 한다. 지게로는 백 번 이상을 져 날라야 할 많은 물건들을 힘

하나들이지 않고 쉽게, 아주 쉽게 나르기도 한단다. 그것을 다 믿어도 될 지는 모르지만, 경복궁에 전깃불이 밤을 밝히고 있다면, 못 믿을 이유는 없을 것 같다."

친정아버지 말씀을 듣고 '그래, 그런 자동차 만들기는 물어볼 것도 없이 글공부를 한 사람들 머리에서 나왔을 것이다.' 그런 생각이 번쩍 들었습니다. 우리라고 해서 그런 자동차를 만들지 말라는 법은 그 어디에도 없다, 그런 생각 말입니다.

미국이라는 나라에 짐을 실어 나르는 자동차가 있다면, 그런 자동차가 어떻게 생겼는지 안 봐서 모르겠지만, 그런 자동차를 우리 민족이라고 해서 만들지 말라는 법도 없을 테니 그만한 공부를 해서든 만들어야 한다는 저의 욕심입니다. 물론 당장은 아니지만 말이에요.

머리 좋기로 보면 어디 미국 사람들만 머리가 좋겠습니까. 우리 민족 사람들 머리도 좋겠지요. 생각해보면 글공부만 하면 기발한 아이디어도 내놓을 그런 머리들인데, 우리 민족은 그동안 삼강오륜만 달달 외우느라 세월만 보낸 것입니다.

그렇다 하더라도 어르신들 앞에서 조심해야 할 아녀자지만 말이에요. 우리 민족도 얼마잖아 자동차를 굴리는 날이 오리라 믿습니다. 문제는 공분데, 공부만 열심히 하면 됩니다. 이것은 허황된 생각이 아닙니다.

생활형편이 괜찮은 제가 말하기는 좀 그러나, 우리는 먹을 것조차도 부족한 삶입니다. 해마다 겪는 보릿고개, 해결 기미조차 보이지 않는 보릿고개, 이런 보릿고개를 없애려면 부지런하기도 해야겠지만, 어떻게 하면 많은 소출을 낼까를 연구해야 합니다. 연구는 어디서 나옵니까. 말할 것도 글공부에서 나오겠지요. 삼강오륜만 달달 외워서는 발전이 없습니다. 발전이 없으면 인류는 멸망합니다. 어르신들께서는 어떻게 생각하실지 모르겠지만, 저는 그렇게 생각합니다.

보시는 대로 우리 마을은 토지를 더 늘릴 수 없습니다. 이렇게 한정된 토지에서 지금까지의 농사법으로는 턱없이 부족합니다. 식구는 해마다 느는 건데, 그렇게 되면 앞으로는 살아가기가 더 팍팍해지지 않을까요. 윤리 도덕만 고집하다가는 굶어 죽는 일만 남을 것이 제 눈에는 훤히 보입니다.

제 말을 듣고 계시는 어르신들, 제가 무슨 말을 하고 있는지 이해가 되십니까. 이해가 되신다면 '먹을 것은 타고난다' 그럴 게 아니라, 농사철에는 일손이 부족해 어쩔 수 없다 하더라도, 그러지 않을 때는 아들딸들을 글공부하게 우리 집으로 보내주십시오.

보시는 대로 우리 집은 대청마루만 해도 넓은 편이라 30~40명은 공부할 수 있을 것 같습니다. 물론 월사금도 안 받을 겁니다. 이것은 제 생각만이 아닙니다. 제 남편인 훈장이 도와줄 겁니다. 아니, 도와주는 게 아니라 그렇게 하라고 했습니다. 어르신들께서는 그런 줄 아시고 보내주십시오.

농사철에는 너무도 바빠 방학으로 하겠습니다. 기초공부는 제가 감당할 수 있겠으나 더 이상의 높은 공부는 새로운 지식을 가진 선교사들을 초빙할 생각입니다. 그렇게 하겠다고 나설 선교사가 있을지는 몰라도 말입니다. 물론 기독교인이 되라고 말하지는 않을 겁니다. 어른들께서 인정하시고 자녀들도 옳다고 하면 모를까요. 그것은 저도 아직 기독교인이 아니기 때문입니다.

이런 문제에 대해 더 말씀드린다면, 여러분도 알고 계시는지 몰라도 김옥균 씨는 양반만 따지는 조선이어서는 안 된다고 보는 개혁파였나 봅니다. 우리와는 전혀 다른 삶을 살아가는 미국인들을 보고, 우리 조선도 그들처럼 살지 말라는 법은 그 어디에도 없다는 생각이었을 것입니다.

김옥균은 새로운 세상을 만들고자 나섰다가 양반들에 의해 좌절되고 말았다는데, 더 좋은 세상이기를 바라는 제 맘을 안타깝게 합니다. 사람이 세상에 태어났으면 떠날 때는 후손들을 위해 그만한 가치를 유산으로 남겨야 하지 않을까요. 저는 여자지만 그런 생각이 듭니다.

우리의 농촌은 농한기가 거의 반년이나 됩니다. 농한기가 이렇게 길다 보니 농번기가 될 때까지는 마땅히 할 일도 없고 해서 돈내기 놀음도 하게 되는데, 그런 놀음을 막자는 차원에서라도 농한기 공부방을 개설하겠습니다. 그러니 공부를 못 하신 어르신들도 오십시오. 환영하겠습니다.

앞에서도 말씀드렸습니다만, 대청도 넓고 안방 말고도 방이 네 개나 있어요. 그런 방을 공부방으로 하겠습니다. 물론 학채도 안 받을 겁니다."

먹골 댁은 조상으로부터 물려받은 논밭이 많아 동네에서는 부자인 셈이다. 때문에 면장도 오시곤 한다. 시아버지께서는 훈장이시라 그러셨는지 동네 분들 중에 어려운 가정을 위해 일거리를 만들어주기도 하셨다. 그런 일거리 중의 하나는 곡식만 오래도록 심어 먹어 옥토라고는 해도, 뼈다귀만 남은 늙은 논을 황토를 넉넉하게 더해준 것이다.

그래서 병충해도 덜해 소출도 더했고, 곡식 알갱이도 야무졌다. 아무튼 그렇게 해서 가난 때문에 넘기 힘든 보릿고개도 큰 어려움 없이 넘기도록 시아버지께서는 배려하신 것이다.

가난한 이웃을 위할 맘으로 일을 시킨다면, 일을 시키는 집은 그만한 수확을 얻게 될 것이고, 인심도 얻지 않겠는가. 농민들에게만 해당하는 것이 아니다. 기업인들도 사원들을 위하겠다는 맘이면 참고로 해도 될 일이다. 어느 중소기업 사장은 집이 없는 직원들 집부터 사주고 난 다음에 자기 집을 샀다지 않는가. 인간 대접은 이런 문제에서부터라고 말한다면, 모르는 소리 말라고 할까?

　이런 말을 해도 될지 모르겠지만, 대한민국 굴지의 그룹 총수 부부 이혼 얘기가 방송 보도를 탄다. 이혼 얘기는 현대사회에서 얘깃거리도 안 되겠지만, 일반가정 이혼 얘기가 아니기에 그럴 것이다.

　그렇지만 싫으면 이혼해도 되는 일회용 같은 그런 결혼이 아니지 않은가. 삶에서 객관적 위기 상황이 아니라면 이혼은 있어서는 안 될 일이다. 그러나 오늘날의 부부는 '백년해로'하는 게 되레 희귀한 일이 되고 말았다는 것이 중손을 봐야 될 입장들을 어리둥절하게 한다.

　이런 문제에 있어 공부가 없어 지식적으로 말할 수는 없겠으나, 인간은 짐승과 달리 도덕심이 있지 않은가. 도덕심이란 뭔가? 상대를 위해 손해를 볼 수도 있는 행위를 말하는 게 아닌가. 이것을 무시하면 짐승보다 못하다는 말을 듣기도 하고 내뱉기도 한다.

　이런 문제에 있어 얘기가 될지는 모르겠으나, 미모의 여성들은 남성들 심리에 노출되어 있다는 것이다. 그렇게 보는 것은 기독교적으로 창조론 때문이다. 즉 미모의 여성을 남성이 이길 수 없도록 설계(창조)되어 있다. 그래서일 테지만 지혜 있는 아내는 남편에게 밉지 않게 보이려고 갖가지

방법을 다 동원하기도 하는 것 같다. 이를테면 쌍꺼풀 수술, 메이크업 등등 말이다.

평생을 한눈팔지 않고 살아가겠다고 결혼식에서 선서를 했고 굳게 다짐을 했으나, 그런 다짐이 세상 태풍 앞에서 견고하기만 할 수 있겠는가. 그것을 찰떡같이 믿어버린 것이 잘못이라면 잘못이지. 남편이건 아내이건 말이다. 그동안은 오직 나만 위해줄 줄 알았던 남편이 어느 날 갑자기 다른 여자와 바람을 피워 아이까지 생겼다면 이혼하자는 말이 나오는 게 당연할 것이다.

남편의 불륜을 알면서까지 참아줄 천사 같은 아내는 없을 것 같기에.

천사 같은 맘으로 가정을 위해 참자도 너무 멀리 가버린 남편, 서류상의 부부일 뿐 실상은 남남이라는 심리 때문에 더 어렵다. 이런 문제에 있어 친정부모도 "참고 살아라!" 그렇게 말하기는 어려울 것이다. 전날의 얘기가 아니다. 그래서 생각할수록 복장 터진다. 속이, 속이 아니다. '나'라는 존재를 바라보는 세상의 시선.

"그래, 내가 누군가. 아내로서 잘하고 산다는 칭찬까지는 아니어도, 누구 앞에서든 악다구니 부리는 그런 못된 여자는 아니지 않은가. 그러니 그냥 웃어버리고 말자." 이런 대담한 생각은 도저히 안 되는 걸까?

개인적으로는 갈라서는 것이 더 좋을 수도 있겠으나, 생각해보면 이혼 문제는 단순하지 않다. 자식들에게 떳떳하지 못한 부모라는 입장, 그것만이 아니다. 한 가족이었던 며느리가, 자식 같은 사위가, 사돈 관계라는 집안이 남이 되는 일이니 말이다. 더 말하면 아내 쪽은 시동생, 시아주버니, 시누이, 큰엄마, 작은엄마, 남편 쪽은 처남, 처제, 처조카 등, 이런 아름다운 인륜적 관계가 이혼으로 인해 깨지면, 이 얼마나 비참한 일이겠는가.

김영삼 정부 때 일어난, 당시 피해를 입은 당사자 가족들로서는 생각하기도 싫은 삼풍백화점 붕괴사고, 보다 더 크게 와르르 무너진다는 생각을 본인들은 못 하는 걸까? 안 하는 걸까?

말하고 싶다. 시집을 보내는 부모로서 그동안의 생각을 일러두어라. 시대가 바뀌고 공부도 그만큼 한 자식인데, 네가 알아서 하겠지, 그러지만 말고. 결혼식을 앞에 두고는 가족모임을 가져 바로 앞에 앉혀놓고, 눈을 똑바로 바라보면서 이렇게 말해야 한다.

"부모자식이라는 그동안의 정이 떨어져 나간다는 생각 때문에 부모로서 서운하다. 그래, 결혼해서 살다 보면 예상치 못한 일도 없지 않을 텐데, 그때는 힘이 들더라도 보이는 것만으로 판단 말고 내일도 있음을 생각해라. 그리고 건강해라. 그동안 탈 없이 커준 것만도 고마운데 잔소리하는 것 같아 미안하다만, 이런 잔소리도 오늘로서 마지막일 것이다."

이런 말 정도는 부모로서 당연하지 않은가. 부모는 지식과는 상관없이 피로 연결 된 부모이기 때문이다. 형편상 멀리 떨어져 있다면 편지로라도 말이다. 결혼식에서 한눈팔지 않고 평생을 살아가기로 결혼식장에서 다짐했지만, 그런 다짐은 오늘날에서는 형식뿐인 것 같다.

그것이 나이를 먹은 입장으로는 정말 아니다. 결혼식에서 다짐한 백년회로는 한번 해본 다짐이 아닐진대 이혼을 바라보는 사회적 눈초리는 칭찬이 아니다. 물론 이혼은 삶에서 아무것도 아니라는 생각일지 모르겠지만 말이다.

그동안 자식도 두고 잘 살아온 부부였지만 아니게도 남편은 불륜을 넘어 아예 살림을 차리기까지 했다. 그랬다면 성자가 아닌 이상 그러려니 할 수가 있겠는가. 그래서 이혼이라는 극단적인 선택을 할 수 밖에 없다 해도 아내로서 이런 문제들을 다 어떻게 감당할 것인가. 생각할수록 무섭다. 그래, 생각을 고쳐먹자

　"여보, 우리가 무엇을 그리도 잘못했기에 세상 사람들이 다 보는 방송까지 타는 거요. 창피하기도 하지만 애들에게도 할 말이 없어졌소. 이런 문제에 있어 당신의 생각은 어떨지 몰라도, 연애할 때처럼은 아니어도 이혼이고 뭐고, 그냥 넘어갑시다.

　우리가 지금 몇 살이요. 세상물정 모르고 대들고 싸울 그런 철부지가 아니라, 이제는 며느리도 보고 사위를 볼 나이가 됐잖아요. 그럴 리는 없겠지만 애들이 이런 문제에 부딪치기라도 하면 그래서는 안 된다고 할 나이 말이요.

　다른 여자에게 당신의 자식이 있는 거 '나' 인정하고, 아기 엄마를 만날 생각이요. 싫지만 안다면 같은 여자입장에서 도울 일이 있어서 돕기도 하고 말이에요.

　(그동안 근무했던 회사, 1980년대 초 기업인의 가족 얘기다. 불륜으로 태어난 핏덩이 딸을 품어준 것이 잘되어 "누구 앞에서도 당당했던 젊음을 세월은 하나도 남김없이 다 빼앗아가 버려 하는 수 없이 노년이 되기는 했지만, 네가 있어서 외롭지는 않다."고 한다. 키워준 이상의 덕을 본단다. 검사를 사위로까지…)

　세상이 다 변한다 해도 우리만은 변치 않고 살겠다고 결혼식에서 다짐

선언을 했었소. 그런 다짐을 당신은 여지없이 어겼소. 그래요, 다른 사람들도 그런 다짐일 테지만, 복잡한 현대사회에서 그걸 지킬 사람은 많지 않을 겁니다. 그것을 인정 못 하고 한번밖에 없는 삶을 이혼이라는 칼로 갈라서야 되겠느냐는 생각이 드네요. 미련한 생각인지는 몰라도 말이요.

생각을 해보면 당신은 일반 가정 남편으로만 살아가야 될 그런 평범한 분이 아니라, 거대 그룹을 이끌고 힘차게 나아가야 될 그룹 수장이요. 그런 위치에 있는 분이 지극히 사적인 가정사문제로 거대 기업 이미지 손상까지 입혀서야 되겠소.
이제야 생각이지만 당신 아내로서 당연한 역할을 잘못해 이런 사달이 난 것 같아 반성이 되네요. 물론 그것이 무엇인지는 당신이 말해야 알겠지만 말이요."

아내로서 이런 정도의 얘기를 하면 남편은 어떤 반응일까?
산업사회 폐해 중 일반화된 이혼문제다. 이혼은 다른 문제도 있겠지만 아내의 성생활 거부가 상당할 것이라고 본다. 그런 이유가 전혀 엉뚱한 다툼으로까지 번져 이혼하게 되는 것은 아닐까. 부부간의 성 문제는 그만큼 중요해서 성 불구자가 결혼했다는 말은 없다. 그렇게 봐서든 아내의 성 앞에 굴복하지 않을 남편은 아마 없을 것이다.

'남자는 세계를 움직이고, 여자는 남자를 움직인다.'

오늘날은 여성들 지위가 높아질 대로 높아져 대통령이 되고, 국가 제상이 되는 그런 시대라고 해도 이런 말에 토를 달 사람은 없을 것이다. 아내로서 좋은 남편이기를 바란다면, 성 요리보다 더한 것이 없음을 인정하

라. 아내의 성은 남편의 맘을 사는 데 있고, 가정의 평화를 위한 절대적 요소다. 그렇지만 분위기상 맘이 내키지 않을 땐 이유를 들어 미안하다는 말로 양해를 구하라. 그것도 인정하도록 말이다. 아내가 허락하지 않은 불륜은 이혼으로까지 갈 수 있는 잘못으로 비난받아 마땅하나, 부부 간의 성은 가정을 지키는 최고의 가치다.

권장할 일은 아니지만, 그만한 이유 때문에 아내로서 역할을 못 해 남편이 힘들어하는 눈치면 꽃집으로 보내주기도 한다지 않는가. 성에 있어 남성이라고 해서 다 같을 수는 없겠으나, 남성들 성 욕구는 여성들의 열 배 이상이라지 않은가. 이렇게 어마어마한 남편들의 성 욕구를 다 들어줄 수는 없겠지만, 불륜을 막는 일은 아내들 맘에 달려 있을 것이다.

창조주의 의도인지는 모르겠으나, 짐승들의 성 욕구는 종족번식에 한정되어 있지만 인간은 다르지 않은가. 그것을 인정한다면 섹스는 건강에도 도움이 된다니 그런 점도 참고해서, 기왕에 응해줄 거면 적극성을 띠어라. 아내가 배려한 성 만족도는 가정의 평화냐 아니냐 에 있다.

지금까지 말한 대로만 한다면 보도들마다 살을 더 붙여 아름다운 여성상으로 승화시킬 것은 짐작이 필요하겠는가. 그런 칭찬을 받으라는 게 아니다. 인생의 가치가 무엇인지 알 필요는 없다 해도, 주어진 한평생을 아름답게 펼쳐보라는 것이다.

단 불륜 문제일 뿐, 생활 형편도 크게 어려움 없고, 건강도 그렇게 나쁘지 않고, 상대가 못 살게 굴지만 않는다면 복은 맘먹기에 달린 것 아닌가.

'아름다운 이 세상 소풍 끝내는 날, 가서, 아름다웠더라고 말하리라'

시문도 있지 않은가. 젊음들에게는 어울리지 않은 시문일지라도 말이다.

결혼은 설명할 것도 없이 장성한 남녀가 짝을 이루고 평생을 같이해야 할 일생일대의 중대사다. 그러기에 전날에는 결혼 결정권이 부모에게 있었지만, 현대사회에서는 그럴 필요가 없어졌다. 본인들이 결정하고 부모에게 통보면 그만이다. 이런 시대적 변화를 말하는 게 아니다. 만났다 헤어지면 그만인 것처럼 애들 소꿉장난 같은 결혼은 죄악일 수도 있다는 얘기다.

행복한 생활까지를 기대 못 하더라도, 혼기를 놓친 자식이 있으면 남의 자식 결혼식에 가기가 두렵단다. 두렵지만 개인적 체면 때문에 결혼식에 안 갈 수 없어 가게 되면 지인들을 만날 수밖에 없는데, 그때마다 자식결혼문제를 묻곤 해 대답하기 싫다는 것이다. 때문에 미안하지만 축의금은 다른 사람에게 부탁하기도 한단다.

고향친구는 혼기를 놓친 막내아들이 있지만 아들결혼문제와는 상관없이 안부전화를 걸면 주변에 아는 곳 있으면 한번 소개해보라고 노래다. 그래서 양쪽 사정을 잘 알겠다, 고향에서의 일이지만 다툼을 말리곤 했던 단순한 이력만으로 상대부모를 통해 소개해줬다가 체면만 구기고 말았다. 짐작이지만 소개조건이 괜찮아(기아자동차회사 정규직으로만 17년을 근무 중이고, 5남매 중 막내고, 부모는 시골이고 모범사원으로 모범상도 몇 차례 받았고, 친구도 많고, 그동안 모아둔 돈만 해도 남부럽지 않고…) 만나는 봤으나, 그동안 그렸던 멋진 (키가 164센티밖에 안 된다는…) 남편감이 아니라는 것이다.

결혼상대를 그렇게 따지는 것을 잘못이라고 누가 말하겠는가. 인간의 본능일 텐데. 그렇지만 결혼관에 대해 생각해볼 필요는 있다고 나는 생각한다. 상대를 위해 결혼하는 경우는 드물 것이나, 시각적으로 너무 좋은 것만 좇다가 길지도 않은 젊음을 헛되이 보내지 말라는 것이다.

이혼 얘기에서 벗어난 얘기지만, 누구를 위해 태어나지 않은 것처럼 누구를 위해 살아주는 것도 아니다. 기독교적으로 예수 말고는 누구를 위해 십자가를 지는 것 같지만, 따지고 보면 자신을 위해 십자가를 지는 것이다. 그런 문제만이 아니라도 인간사 뭐 별건가. 살다 보면 늙어지고, 그렇게 해서 싫지만 어느 날 떠나게 되는 게지.

떠날 때 떠나더라도 삶을 가치 있게 살다가 떠나라는 게 그동안의 생각이다. 이런 문제에 있어 자신에게 묻는다면 그렇게 산다고 말할 수는 없겠지만 말이다.

삶의 가치란 다 같을 수는 없겠으나, 웃음에서 그 가치를 찾자는 것이다. 웃음은 가정이 살고, 사회가 부드럽고, 살아볼 만한 세상이 되지 않겠는가. 곧 만사형통 말이다. 웃자는 데는 돈도 필요 없다. 웃음이면 그만이다. 물론 웃을 수 있는 일들보다는 웃을 수 없는 일들이 더 많다. 그걸 모르고 하는 말이 아니다.